从何时开始

图书在版编目（CIP）数据

从何时开始／（比）瓦力·德·邓肯文；（比）菲尔勒·德拉夫图；王奕瑶译.
—济南：山东教育出版社，2017
（瓦力·德·邓肯作品系列）
ISBN 978-7-5328-9860-2

Ⅰ.①从… Ⅱ.①瓦… ②菲… ③王… Ⅲ.①儿童故事–图画故事–比利时–现代
Ⅳ.①I564.85

中国版本图书馆CIP数据核字(2017)第186264号

山东省著作权合同登记号：图字 15 -2017-111

Text copyright © Wally De Doncker
中文简体字版由山东教育出版社有限公司在中国大陆地区独家出版发行
版权代理公司：北京百路桥咨询服务有限公司

CONG HESHI KAISHI
从何时开始　　　瓦力·德·邓肯作品系列

〔比利时〕瓦力·德·邓肯／文
〔比利时〕菲尔勒·德拉夫／图　王奕瑶／译　张雯／审译
主管单位：山东出版传媒股份有限公司
出版人：刘东杰
责任编辑：王慧　侯文斐
美术编辑：蔡璇
装帧设计：于洁
出版发行：山东教育出版社（地址：济南市纬一路 321 号　邮编：250001）
电话：(0531)82092664
网址：www.sjs.com.cn
印刷：上海利丰雅高印刷有限公司
版次：2018 年 6 月第 1 版　印次：2018 年 6 月第 1 次印刷
开本：880mm×1330mm　1/32　印张：4.125
印数：1-5000　字数：70 千
定价：20.00 元

（如印装质量有问题，请与印刷厂联系调换）
　　印厂电话：021-68919900

瓦力·德·邓肯作品系列

从何时开始

〔比利时〕瓦力·德·邓肯／文
〔比利时〕菲尔勒·德拉夫／图
王奕瑶／译
张雯／审译

山东教育出版社

Every why has a wherefore.

有因必有果。

——威廉·莎士比亚,《错误的喜剧》(*The Comedy of Errors*)第二幕第二场

狗的年龄

院子里热闹非凡。男主人在烧烤架上烤肉。斑点和鼠儿坐在附近。男主人时不时扔给他们一小块肉，女主人忙着把装有蔬菜的盘子放上餐桌。

"很不错吧？大家这样聚在一起。"鼠儿说。

斑点没有回应。

"我觉得凯特和海迪回来真好，一切又回到了从前。"鼠儿继续说道。

斑点只关注男主人。

"别打扰我，正忙着呢。"斑点哼唧道。

男主人扔了一块肉。斑点一口就把肉吞了进去。

"你就知道吃！"鼠儿说。

"哎呀，别啰唆。"

鼠儿跳到海迪的腿上，尽情地享受着她的抚摸。男主人把烤好的肉排放到盘子里。"烤肉熟啦！"

　　大家都走到桌边坐下。鼠儿被轻轻地放在了地上，她慢慢地朝长椅走去。

　　"斑点，你来吗？"鼠儿问。

　　斑点带着乞求的目光望着桌子。男主人往草地上扔了一片西红柿。

　　"你干吗这样啊？"女主人责备道。

　　斑点用嘴叼起那片西红柿，尝了尝，立马又吐了出来。

　　"你不喜欢这味道吧，斑点？"男主人笑着说。

　　斑点甩了甩身子，想甩掉西红柿的味道。

"一边儿去，斑点！"女主人严厉地说。

斑点叹了口气，看来吃不到什么好东西了。

女主人很不喜欢斑点在他们用餐的时候乞讨食物。斑点跳上长椅，舒展四肢，躺在鼠儿边上。"嘿，你让开点呗，这椅子又不是你专用的。"鼠儿生气地说。

鼠儿和斑点躺在树荫下休息。树叶发出沙沙的响声，惹得鼠儿直打瞌睡。她努力睁着眼睛，不让自己睡着。她想听听大家吃饭时都聊些什么。鸟儿在树枝上欢快地唱着歌。女孩们讲的故事和鸟儿的歌声混在一起，男主人时不时发出大笑。斑点厌烦地用爪子堵住耳朵。

"我没法休息了。"他抱怨道。

鼠儿舔了舔自己的毛。

"女孩们长大了。"她说。

斑点睁开了眼睛。

"她们没有长大。她们已经很大了。成年后就不会再长了。"

斑点坐直了身子。鼠儿倚在他身边。

"她们都是成年人了吗？"鼠儿问道。

"不是吗？她们不是小女孩了，而是年轻的女人。"

"是，你说得对。"

"你成年了吗？"鼠儿问斑点。

"当然了，难道我看着像条小狗吗？"

"可是你的毛摸上去还软绵绵的呢。"

"哎呀，别这么说。"

"你多大了?"

"按人类的年龄算吗?"

"怎么,难道还有狗的年龄?"鼠儿笑了起来。

"当然啦!按狗的年龄算,我现在九岁了;按人的年龄算,我已经六十岁了。"

"那猫呢?"鼠儿问。

"女主人以前读过一篇文章,说猫可以活到三十岁,甚至更老。"斑点回答她。

"那我成年了吗?"鼠儿问。

"如果你可以生小猫的话……"

鼠儿突然坐直,竖起了耳朵。

"我都没有生过小猫!"

"生小猫需要一只公猫的。"斑点微笑着说。

"我不是有你吗?"鼠儿微笑着说。

"可我不是公猫呀。我是公狗。"

"所以呢?"

"什么所以?你总不会让我和你……"

"什么?"

"亲亲,然后……" 斑点吞吞吐吐地说道,"我可不能再往下想了。"

"我们可以一起生小猫吗?"

"你是要说生'小狗'吧?"

"不,小猫。"

"小狗。"

鼠儿从长椅上跳了下去，斑点跟着她，汪汪地叫。

"小猫狗。"

"小狗猫。"

预　感

　　"谁还要咖啡？"女主人问。

　　"大家都要。"男主人点头说。

　　"我不要！"斑点喊道。

　　"我也不要。"鼠儿喵喵叫道。

　　"好，我这就煮咖啡去。"

　　女孩们帮着收拾。男主人背着一袋木炭朝院里的凉亭走去。

　　"我觉得不太舒服。"斑点说。

　　"你得长点记性。"

　　"怎么说？"

　　"你太贪心了，而且饮食不健康。"

　　"你不也一样吗？"

　　"起码我不会什么都一口吞下去。我总是先闻闻，然后慢慢吃。"

斑点摇摇晃晃地穿过院子。鼠儿跟在后面,想抓住他的尾巴。

"让我单独待会儿,我没有心情和你玩。"

斑点闷闷不乐地趴在桌子下面,鼠儿依偎在他身边,舔了舔他的鼻子。

"你的鼻子很热。"

"那又怎样?"

"你好像发烧了。"

"我也觉得不太对劲。我感觉有危险在靠近我们。"

"什么危险?"鼠儿问。

"有厄运要降临。你感觉不到吗?"斑点问。

鼠儿摇了摇头。

"我又听到了。"斑点咽了一下口水说道。

"什么?"

"打雷了!还有闪电。"

鼠儿从桌子下面钻了出来。

"天空明明是湛蓝湛蓝的,艳阳高照,万里无云。你就是想吓唬我吧!"

"暴风雨要来了。"斑点忍不住直发抖。

"你别这么说。我害怕打雷和闪电。"

"还有一个小时雷电就要来了。"

女主人把咖啡杯放在桌上,开始切蛋糕。

"女主人好像也没有听到什么。"鼠儿说。

"奇怪，我觉得肚子里有怪异的震动。会有不好的事情发生。"

"别闹了。你想让我更害怕吗？"

"当然不是，但我觉得有些……"

"在事情发生前你就预料到了？"

"这是一种预感。难道你从来没有过吗？"

"我不是很确定。"

"我甚至在男主人来之前就能预感到他要来。"

"这和预感没什么关系吧，只是因为你的听力好而已。"鼠儿不禁笑道。

"有可能。大老远我就能识别出他的脚步声。还有他自行车的声音和汽车发动机的轰鸣声。"

"如果你没有提前听到声音，也能预感出什么吗？"鼠儿问。

"可以。我以前有过这样的预感。不过都是很小的事情。"

"比如？"

"比如提前感觉到女主人要去买狗粮。男主人要带我出去散步。"

"有没有比较重大的事情？"

"我今天早晨有一种预感，男主人晚上会从楼梯上摔下来。"

"不，不可能的！"

"真的，我发誓。"

"这么说你可以预测未来。"

斑点歪着脑袋想了一会儿。

"我倒从来没有这么想过。"

斑点开始不停地走来走去。

"能不能安静点？"鼠儿说。

"我做不到。肚子里的震动越来越强烈了。"

斑点拽住男主人的腿，不住地哀号。

"斑点，你怎么了？"

"暴风雨要来了，主人。"斑点叫道，"你们赶紧回屋里吧。"

"你一定是还想再来块肉吧？"男主人问他。

"根本不是的！我现在都已经觉得很不舒服了。"斑点叫道。

斑点来来回回地走得更快了。

"他怎么了？从没这样过。"女主人说。

斑点冲着露台的门扑了过去。

"斑点，停下来！"男主人生气地吼道。

天空刮起一丝微风，杨树的叶子被吹得沙沙作响。

"看，有一群燕子飞过草地。"男主人说，"这是个征兆。"

"什么征兆？"女主人问。

"要变天了。我们最好还是回屋里吧。"

"爸爸，不是吧？就你相信那老掉牙的征兆。"海迪笑道。

"一会儿你就知道了。斑点不可能无缘无故这么焦躁。"他不满地说道。

浅灰色的云层向东边聚集，湛蓝的天空慢慢地被遮住了。

"看来要有暴风雨降临了。这很不正常。"斑点浑身打战。

"我要躲到女主人那儿去。你一起来吗？"鼠儿问斑点。

"不，不用管我。我太担心了。"

天空开始刮飓风。

"爸爸这次没说错。暴风雨要来了。"

"你看，我没说错吧！赶紧进屋去。我把这儿收拾一下。"男主人说。

鼠儿跟着女主人回到房间。

逃　难

一道闪电划过灰色的天空。

"我好害怕。"斑点低声叫道。

男主人忙着收拾院子，没有看到他。花园的篱笆没有关紧。

"我要离开这里。救救我！"斑点害怕地说。

男主人好像没有察觉到他。斑点前腿抵着篱笆纵身一跃，跳了出去，开始逃跑。他跑到了马路上。云层里传来阵阵雷声。斑点遇到了几个修路工人。他们用机器在路面钻孔，头也不抬。斑点继续向前跑，在马路中间越跑越快。

一辆车朝他开了过来。

"我害怕，好害怕……"斑点止不住地叫着。

门铃响了。一个男人出现在门口。鼠儿从女主人膝上跳了下去，跑到门口。她感觉有些不对劲。凯特打开了门，原来是隔壁邻居。

"你家的狗跑到马路上去啦。"邻居说。

"不可能吧！他和爸爸在院子里呢。他从来不会跑掉的。"凯特说。

"的确是你家的狗。我一眼就认出来了。白色带黑色斑点的。"

"这个……"凯特迟疑了一下,"不可能的,他就在院子里。你看到的大概是另一条狗。不过还是要谢谢你的好意提醒。"

邻居无奈地耸耸肩,离开了。他穿过繁忙的马路,走向另一头。

鼠儿立刻跑到了院子里。

"斑点,斑点?"她喵喵叫道。

男主人把遮阳伞收进了车库。

"斑点,你在哪里?"鼠儿喵喵叫着。

斑点没有回应。

汽车对着斑点直冲过来。斑点吓坏了。只听"吱——"的一声急刹车,斑点跳进了路边的运河里。他全身都泡在水里了。他费了很大的劲才从运河的泥泞中爬了出来。他跳到岸上,窜进一条小巷,躲开繁忙的交通,把身上的水甩开。天空又划过一道闪电。

"斑点跑掉了!"

鼠儿走到男主人脚边。

"小心点,鼠儿,不要绊手绊脚。"

"斑点跑掉了!"

"好啦,你是只乖猫咪。过会儿你可以坐在我腿上。"

"我不是这个意思!"鼠儿生气地说道。

凯特跑到院子里，往四周看了一圈，有些担心。

"爸爸，斑点呢？"

"肯定躲在院子后面了。"他叹了口气说。

"斑点！"凯特叫道。

"斑点！"男主人也叫道。

"斑点跑掉了！"鼠儿喵喵说道。

女主人和海迪也从屋里出来了。

"邻居刚刚说他在马路上看到斑点了。"凯特说。

"绝对不可能。我们的斑点从不这样。"男主人笑着说。

"斑——点！"他们齐声叫道。

然而斑点并没有出现。大家开始在院子里找斑点，找遍犄角旮旯都不见斑点的踪迹。男主人放下手里的垃圾袋。

"可能真的跑到马路上去了。我去找他！"

天空噼噼啪啪开始下雨。

公　牛

一道道闪电划过。下冰雹了。斑点想找个地方躲躲，他跑到附近牧场的一个牛棚下面。冰雹颗粒越来越大，砸在牛棚顶的声音也越来越响。

"我想回家。想和鼠儿还有男主人在一起。"斑点呜咽起来。

突然，他感觉到身后冒出一股热气。

"你在这里干什么？"公牛哞哞叫道。

"我在这里躲一会儿冰雹。"斑点哭了起来，"冰雹砸得我好痛。"

"痛？笑死我了。"

"这有什么好笑的。"斑点呻吟着说，"我害怕打雷和闪电，吓得从家里逃了出来。"

"害怕打雷和闪电？真是胆小鬼。"公牛嘲笑道。

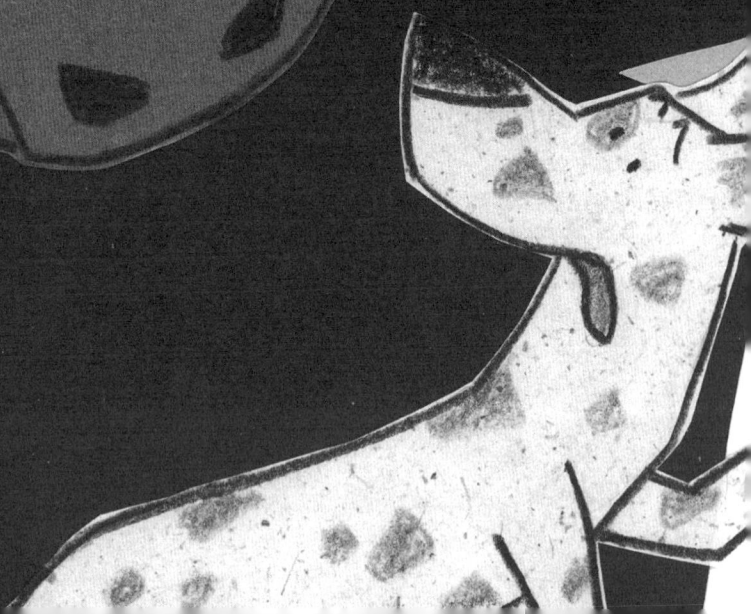

公牛鼻孔里喘着粗气。

"你从不害怕吗？"斑点问公牛。

"我？这辈子都没有怕过！我怕谁呀？"
公牛绷紧了肌肉。

"又大又壮的动物从来都不害怕？"斑点问道。

"没错。我力气那么大，可以打败所有动物。猪啊，狼啊，马啊……"

"所有动物？包括大象？"斑点打断他。

"大象是什么？"公牛问。

"是一种有着招风耳的很大的动物，比你大十倍。"

"大十倍？我这里从来没见过这么大的动物。"公牛呼着气说。

"当然没有。他们生活在非洲。"斑点解释道。

"非洲在哪儿呀？"

"很远很远，离太阳很近。"

"哦，那的确很远。所以大象不在这里居住喽？"公牛问斑点。

"只在动物园可以看到。"斑点回答说。

"动物园？"

"对呀，动物园。那里关了很多来自其他国家的动物。"

"其他国家？其他国家存在吗？"公牛大笑起来。

"当然了。难道你不知道吗？"

"我怎么会知道。我以为只有其他的牧场和农田，还有农庄。从农民那儿我什么都学不到。"

"可怜的牛。"

"我不需要你的同情。有了强健的身体就不需要聪明。"

接下来很长一段时间，斑点和公牛没有再说话。他们一起听冰雹砸在牛棚上的声音。公牛不住地摇头晃脑。

"我有点不放心。我原以为公牛是最强壮的动物。"

"听说还有公牛象。"

"什么？不可能。你要么是公牛，要么是大象，不可能两个都是。"

"还有母牛象。"

"跟你说话真费劲。"公牛哼唧道。

"对啊，因为你这是在学习呀。"斑点点点头。

"我对学习才不感兴趣呢。我害怕学习。这让我搞不清楚自己是谁了。"

"不学习会变傻的。"斑点说。

听到这句话后，公牛生气地冲到斑点前面。

"傻？你说我吗？"他愤怒地吼道。

"呃，没有，我不是这个意思。"斑点吓得直发抖。

公牛转过身，往后踢了斑点一脚，把斑点踢到运河的对岸去了。

"嗷，嗷！"斑点直呻吟。

公牛又追了上来。斑点赶紧夹着尾巴逃走了。

男主人冒着冰雹一路小跑，他把手挡在头顶，以免被冰雹砸到。

"斑点！斑点！快过来！"

冰雹遮住了他的视线，看什么都是雾蒙蒙的。到处都没有斑点的踪迹。

"主人！主人！"斑点汪汪叫道。

他循着主人的声音跑过去。

公牛闭上了眼睛。他梦见了没有长鼻子的大象。

炸　弹

"终于找到你啦，太好了！"男主人叫了起来。

他把斑点抱了起来。

"当时我真怕。"斑点说。

他舔了主人几下。

"走，我们跑回家。"男主人说。

他们一起穿过小路往回跑。冰雹越下越大。

"我们去那棵树下躲一会儿吧。"

在树下，男主人举起手遮住头，斑点则躲在他的胳膊下面。

"我害怕。"斑点哼哼唧唧。

"我从没有见过这样的天气。"男主人叹了口气。

冰雹下个不停，砸得人很痛。几秒钟感觉就像几分钟，几分钟就像几小时。突然冰雹小了，男主人冲了出去，斑点紧跟在后头。他们飞快地往家赶。男主人被淋得浑身湿透，斑点也被淋得像一块直滴水的海绵。修路工人坐在小货车里避雨，见了男主人和斑点的狼狈相，大笑起来。

当他们跑到院子门口时，冰雹瞬间变得和鸡蛋一般大。男主人刚抓住门把手，一颗大冰雹就砸到了他头上，鲜血直流。斑点汪汪大叫起来。

"主人，你出血了！"

男主人还不能马上进屋，因为露台的屋檐被冰雹砸穿了。这一切看着像是爆发了一场战争。

女主人和女孩们无助地站在窗前，眼中布满恐惧。她们冲男主人招手。

男主人一路小跑去了院子后门。斑点一路紧跟着他。女主人和凯特帮男主人处理伤口，海迪一边安慰斑点，一边用大毛巾帮他擦干身体。

鼠儿躺在壁炉边上，合上了双眼。她害怕得呆住了，也不敢睁眼看身边发生的事情。斑点擦干后躺在了鼠儿的身边。

"你去哪儿了？"鼠儿问。

"我快吓死了。"斑点发着抖。

"我担心你再也不回来了。小笨蛋！"

"对不起。我也不知道我都做了什么。我脑袋像要爆炸了一样。"

"没事了，别怕。"鼠儿安慰斑点。"但下次再出现这种情况你一定要待在我身边。没有你我该怎么办？"

鼠儿翻了个身，躺到斑点肚子上，好像要保护他似的，还舔了舔他的耳朵。

"这样你就跑不掉了。"她呜咽着说。

斑点什么都没有说。男主人蹲在他们身边，抚摸他们的毛发。斑点睁开一只眼睛。幸好男主人的血已经止住了。现在，斑点可以安心入睡了。

暴风雨

男主人把大片大片的顶棚碎片扔进手推车。凯特把还在融化着的冰雹粒铲进水桶。女主人忙着抽干院子里的水。海迪扫着小碎块。鼠儿和斑点坐在窗前。

"一片狼藉啊!"鼠儿叹气说。

"我还是很害怕。"斑点咽了咽口水。

"怕什么? 风暴已经过去了。冰雹也停了, 不是吗? "

"我知道,但我身体里还有风暴。"

"为什么? "鼠儿问。

"有更多的厄运要降临。"

"你又有不好的预感了吗? "

斑点一边点头一边发抖。

"我希望你的预感是错的。"鼠儿笑道。

露台顶棚砸得全是洞。

男主人把手推车里的瓦片倒在了灌木丛下。他抬头看了一眼屋顶，大吃一惊。

草坪上到处都是瓦砾碎片。房子的天窗也被冰雹砸破了。

"屋顶损坏得太严重了！"男主人冲女主人和女孩们喊道。

女主人顺着楼梯往楼上跑去，女孩们跟在后面。斑点和鼠儿也跟了过去。鼠儿跑上楼梯，斑点却站着不动了。鼠儿转过头问："你怎么不跟上去？"

"我不太会上楼梯。我从没有上去过。"

"那你在这儿等我，一会儿我再告诉你发生了什么。"

斑点顺着露台跑到院子里。

"主人，主人！"斑点叫道，"快点进屋！马上要下暴雨了！"

"太糟糕了，是吧？斑点。"男主人说。

"比刚刚那场暴雨还大！"斑点警告男主人。

"风暴终于结束了。"男主人舒了口气。

"还没结束哪！"斑点大声叫道。

"风暴结束了你应该很高兴吧，不是吗？"

"我不高兴，我很害怕！快回屋里去！"斑点催促道。

"狗狗真乖。"主人说着，开始把瓦砾碎片扫在一起。

"快进房间好不好……"

斑点围着男主人直打转，还咬了一下他的裤子。

"你干吗?"

"快回屋里去!"斑点又一次催促。

"别闹了!"男主人发火了。

海迪下楼了。

"浴室的窗户破啦。地上到处是玻璃,浴缸里都是。"她说。

"天哪,不会吧!"男主人叫了起来。

他回到屋里,斑点跟着他进了屋,在客厅窗户边坐下。楼上传来忙碌的脚步声。他独自盯着窗外看。天空又变成了灰色,渐渐变成深灰色,黑色。

"我害怕!"斑点呜咽着。

天空刮起飓风,一阵接一阵。风越来越大。鼠儿过来坐在他的两条前腿中间。

"窗户破啦。"她说。

"我知道。"斑点不住地发抖。

男主人、女主人和女孩们去了楼下。他们站在窗户前,眼里充满恐惧。整幢房子拼命对抗着飓风。墙发出痛苦的呻吟。

他们的视线几乎完全被遮住了。突然,他们听见一阵巨大的撞击声。

"男主人。"斑点害怕地呜咽着。

"女主人。"鼠儿轻轻地喵呜着。

接着又是一阵撞击声。鼠儿更深地躲进斑点的腿中。这个时候暴风雨停了,前后持续了没几分钟。天空也放晴了。

"哎呀!"男主人叫道,"我的树!"

整排杨树都不见了。院子被彻底摧毁了。大家都惊吓得说不出话来,无助地瞪大了眼睛。

"不会这样吧。"女主人说。

斑点肚子里的风暴终于平息了,他松了口气。大家纷纷跑出去看暴风雨带来的损失。斑点和鼠儿立刻跑向被吹倒的大树。男主人一动不动站在那儿,他的腿像灌了铅一样无比沉重。他无法相信眼前发生的这一切。

"太可怕了。"海迪说。

"气候真的在变。"凯特补充道。

"确实是这样。"女主人说。

"这种天气我还从来没见过。咱们应该怎么办?"男主人问道。

"给消防队和保险公司打电话!"女主人回答说。

鼠儿坐在倒下的树冠里。斑点在周围嗅了一圈。男主人抬起一根倒在地上的大树枝。院子里的餐桌陷进地里,至少一米深。椅子像被肢解了一样。男主人想要开辟出一条道,通往院

子旁边的小路，可是院子就像一片原始丛林。斑点发现主人找不到出路。

"我来教你怎么从下面爬出去。"他汪汪叫道。

男主人费力地跟着他。

那条小路像是被吞噬了，地上只留下一个个深深的树坑。树根都被拔起，指向天空。

"难以置信。怎么会发生这样的事情，就在我的院子里。"男主人抽泣道。

"这些可怜的树。"

"可怜的主人。"斑点说。

"你们看！"鼠儿喵呜道。

"怎么了？"斑点叫道。

"我可以爬到树顶了。"

"树被吹倒以后当然容易爬了。"

"那你也来试试呗。"鼠儿说，语气充满了挑战。

"我办不到的，你知道我的爪子不适合爬树。"

"胆小鬼！"鼠儿笑了起来。

救　援

男主人站在一根树干上，四处张望。

"树倒在羊圈上了！"他吓了一跳。

鼠儿伸出利爪抓住树枝，一根根地跳过去。

"羊群肯定遭殃了。"她喵喵叫道。

她尽快地往羊圈那儿赶。

"我去拿电锯！"男主人使劲喊了一声。

男主人费劲地爬到了院子的储物室边上。路上到处是树枝和树叶。幸好储物室没有太大的损失，只是被一根很粗的树枝挡住了门。男主人推开窗户，试着伸手去够电锯，费了好大劲才把电锯拿了出来。鼠儿已经赶到了羊圈。羊儿们看到她来了就开始咩咩直叫唤。

"快帮帮我们，拜托了！"

"主人马上就到！"

凯特从灌木丛里钻了出来。

"我来帮你。"她对男主人说。

"太好了。"男主人点点头，"我要用电锯劈一条路出来，通向羊圈。你能帮我把树枝挪开吗？"

男主人拉了一下开关。电锯发出震耳欲聋的声音，使得羊群闭上了嘴。斑点吓得赶紧跑开了。他对这隆隆作响的电锯毫无信任感。鼠儿在羊圈的顶棚上等着主人过来。男主人先锯掉最粗的树枝。斑点在一旁不安地转着圈。他想尽快知道羊群的情况。男主人和凯特花了半个多小时，终于一点点靠近羊圈了。

"又有一棵树要倒在我们的羊圈上了！"小褐咩咩叫道。

"不会吧！"其他羊大叫起来。

他们紧紧地靠拢在一起。

"布拉克。睁开眼睛，保持警惕。"小黑说。

"疼死了！"布拉克说。

"再坚持一会儿。救援队伍马上就到。男主人和凯特会来救你。"鼠儿喵喵道。

"我受不了了。"

羊圈里的羊儿们开始无助地呻吟。电锯的声音越来越响。

"发生什么了？我要吓死了！"小黑叫道。

"看到希望了！"公羊勇敢地叫起来，"主人来救我们了！"

大家都安静了下来。再锯断两根大树枝，主人就到羊圈了。

"布拉克和小点点被困在树枝下面了！"凯特吃惊地说，

"快一点,爸爸,快一点!"

"我已经尽快了!"男主人气喘吁吁地说。

鼠儿从顶棚跳进凯特的怀里。凯特抚摸了她一会儿。

"鼠儿,注意安全。现在很危险。"凯特提醒鼠儿。

她松开鼠儿。羊儿们吓得气都不敢喘。主人终于锯断了最后一根树枝。

凯特艰难地穿过羊圈里的树枝树叶,羊群害怕地蜷缩在一个角落里。凯特抚摸着两只被困的羊儿。

"快帮帮我!"小点点大声叫道。

突然他不再发出声音,睁大了眼睛。凯特用尽全身的力气,想把压在可怜的小点点身上的树枝给挪开。

"还是不行啊,爸爸!"

"看来只有一个办法了!把它锯掉!"他斩钉截铁地说。

"你来锯吗?如果锯到羊怎么办?"凯特不安地问道。

"没有别的办法了。"

男主人再次接通电锯的电源。电锯在羊圈里发出震耳欲聋的声音。

"当心一点!"凯特叫道。

羊群卧在树叶堆上。他们的身体因为害怕而不住地发抖。男主人用电锯锯开压住布拉克和小点点身体的树枝。这个庞然大物就在离布拉克十厘米的地方咆哮。羊儿们不停地跺蹄子,身体不住地发抖。他们希望可以尽快脱离危险。不到五秒,这根树枝就被锯断了。凯特立即把它拉开。男主人关掉电锯。小点点站直了身子，朝其他羊儿奔去。布拉克仍然躺在那儿喘着气。凯特试着把他扶起来，但他又立即侧身倒下。布拉克眼睛盯着男主人，眼神充满了恐惧。男主人观察了一下布拉克的瞳孔，把手放在他的心脏上。

"布拉克要死了。"

"不！布拉克！别离开我们！"羊儿们一阵哀号。

"斑点，布拉克快死了！"鼠儿哭了。

凯特和男主人抚摸着临死的羊儿，他俩待在他身旁。斑点气喘吁吁地从树叶堆里爬过来。鼠儿在凯特身边坐下。斑点走进羊圈。

"无法挽救了吗？"他哭着问。

"亲爱的斑点……"凯特说。

突然，布拉克的脑袋向后仰去。

他轻轻地叫了一声"咩——"。

呼出最后一口气后，他死了。他的小眼珠慢慢地变成了玻璃球。羊圈里只听见一片轻微的咩咩声。男主人无精打采地爬出羊圈。他让大家缓缓地跟可怜的布拉克告别。凯特跟他一起出去。

"我去告诉妈妈和海迪。"她说。

坟 墓

女主人朝男主人走来。男主人手里拿着一把铲子。

"你要做什么？"女主人问。

"安葬布拉克。"男主人悲伤地说。

"我还想再看他一眼。"女主人说。

凯特和海迪同女主人一起走去。凯特眼里满是泪水。男主人找不到埋葬布拉克的空地。倒下的树占据了所有空间。最后男主人在羊圈后面的一堆树叶中间开始掘土。斑点朝他走来。

"还好吗？"他轻声叫唤着。

"生活很不容易，斑点。"

"面对死亡很不容易。"斑点纠正主人说。

"暴风雨席卷而过，不出几分钟就吹倒了一整排树。十四棵俊秀挺拔的树就这样没有了。长了二十五年，就这样永远地倒下了。还有棵树倒在了羊圈上，把布拉克压死了。这一切几小时前还不是这样的。怎么会出这种事呢？"他连连叹气。

"我也没想到。"斑点汪汪说道。

男主人继续挖坑。铲出来的土倒在了坑的周围。

"斑点，真希望我是你。这样就不用挖坑了。"

"我理解你的。"斑点说。

男主人把铲子立在了土堆上。

"走，我们去把布拉克带来。"男主人伤心地说。

女主人和女孩们围坐在布拉克身边。羊儿们不再看着布拉克。看来他们已经和他做过了最后的道别。男主人想抬起布拉克。

"不，让我来吧。"女主人说。

女主人把手伸到布拉克身体下方，布拉克软绵绵地躺在她的臂弯里。海迪捧着布拉克的头。凯特离开的时候在羊圈的食槽里放了些草。

羊儿们马上围过去吃起草来。

"你们现在怎么吃得下去？"鼠儿生气地喵呜道。

"活着就得吃东西，死了就用不着了。"年龄最大的羊说道。

"你们怎么可以这样冷血？"

"吃能让人忘记忧伤。"其中一只黑山羊说。

"每个人的忧伤都不一样。"鼠儿叹了口气，离开了羊圈。

斑点站在布拉克的墓穴边。凯特在墓穴底部铺了一层稻草。女主人和海迪轻轻地将布拉克放进墓穴里。斑点看上去很忧伤。鼠儿来到斑点身边，陪他一同站在墓穴边。大家都沉默了。男主人眼中泛着泪光，把土洒在布拉克身上，直到土盖满了布拉克的全身。女主人和海迪沉默地离开了。男主人把墓穴填上，用草皮堆了座小山包。凯特将一根粗树枝插在山包上。

"这样我们就知道布拉克安息在哪儿了。"

男主人点点头。他开始着手修理羊圈周围的篱笆。凯特蹲在斑点和鼠儿中间。"布拉克以前总会来吃我手里的食物，他是那么可爱……"

"凯特，你能过来帮我一下吗？"男主人问道。

斑点和鼠儿待在一边。

"布拉克现在会在哪里呢？"鼠儿问道。

"在墓里。你刚刚也看到了。"斑点回答道。

"是啊，那是他的身体。但是他的灵魂……会在哪儿呢？"

"什么？"斑点问。

"他的灵——魂。"鼠儿回答道。

"那是什么？我从没听说过啊。"斑点说。

"这个，呃……"鼠儿犹豫了一会儿，"这个很难解释的。"

"这么说你自己其实也不知道。"

"我知道的，可……"

"那你说呀。"

"你的灵魂就像是你的精神，这是看不到的，但确实是存在的。"

"精神？就像是鬼？"

"不是，你的精神在你里面。你用它来思考。"

"精神到底在哪儿呢？"

"在你最里面。"

"在我胃里？"

"不！当然不会在你胃里！"

"在我肚子里？"

"不，也不在你肚子里！"鼠儿不耐烦地说。

"如果布拉克的身体在墓里，那他的灵魂不也应该在那里吗？"

"我不这么认为。布拉克现在肯定在羊类的天堂了。"

"你确定吗？"

"不。"

"那你为什么这么说？"

"我就是相信。"

"那我不信。"斑点说。

"随你。"

"所以你也不确定羊类的天堂是否存在。"

"是的，因为我从没有去过。"

"你也去不了那儿。"斑点笑了起来。

"为什么去不了？"

"猫怎么可能去羊类的天堂？"

"不能吗？"

"当然，猫只能去猫类的天堂。"

"那你只能去狗类的天堂喽？"

"我才不要去。"斑点伤心地说。

"为什么不？"

"如果我死了，我还想一直能看到你。"

"你真好。"鼠儿喵喵叫道。

"这一切是由谁决定的呢？"斑点问。

"你指的是？"

"我们是否能去天堂。"

"没有人能决定，或者有一个人可以决定吧。其实我也不知道。"

"咱们别去想了。总之，你相信有天堂，我不相信。也许咱们都是对的。"

惩　罚

鼠儿跟在斑点身后。她一直试着去抓斑点的尾巴，但总也抓不到。斑点跳过树干。鼠儿跟不上他。他们在院子边上停了下来。

"我抓住了！"鼠儿欢呼道。她用两个爪子紧紧抓住斑点的尾巴。

"我再也不松开了！"她说。

"你看着……"斑点偷笑着。

他用力甩了甩尾巴，鼠儿立刻松开了爪子。

"篱笆不见了。"斑点说。

"当然了，大树把篱笆吹倒了。"

"那我的领地界线呢？我应该守卫哪一片区域？"斑点问道。

"暴风雨前和暴风雨后的院子大小并没有变呀。你总知道篱笆以前的位置吧?"鼠儿解释道。

"知道是知道,可我守卫的领域是一直延伸到院子外面那条小路,还是到杜克的那片草地呢?"

"有区别吗?"鼠儿说。"我才不会受篱笆的限制。我是自由的,这点你应该清楚吧?"

"嗨,鼠儿!斑点!"马儿杜克嘶嘶地和他们打招呼。

"你好杜克!一切都好吗?"鼠儿问候道。

"我被可怕的暴风雨吓到了。现在腿脚还在发抖呢。"杜克叹了口气说。

"我当时也特别害怕。"斑点补充了一句。

"我就不怕。"鼠儿吹牛。

"我亲眼看到树木倒下。风随着从天而降的长鼻子一起来的,然后什么都转起来了。"说到这,斑点又发抖了。

"暴风雨每年都有,并不罕见。"鼠儿说。

"是的,的确如此。但是如此强烈的暴风雨我从没经历过。我在这儿度过了十个夏天,从没见过和鸡蛋一样大的冰雹。我甚至不知道冰雹还可以这么大。"杜克哼哼道。

"男主人的头还被冰雹砸到了!"斑点汪汪叫着说。

"他不能躲躲吗?"杜克问。

"是啊,他刚抓住门把手,然后'啪'的一下……他就被砸出血了。"

突然他们听见头顶传来一阵惊叫声。一群海鸥飞过。

"两极[1]冰川正在融化。"他们叫道。

"什么?"斑点汪汪大叫。

"两极冰川正在融化。"

斑点听到后笑得蜷成一团。

"这有什么好笑的?"杜克不解地问道。

"我从没有见过人融化。"斑点大笑着说。

"为什么?"杜克依旧不解。

"呃,波兰人,居住在波兰的人。"

杜克摇了摇头,抖了抖一身金黄色的鬃毛。

"不是这个意思,他们指的是北极。"

"还有南极……"鼠儿补充道。

"所以是指两极,不是指波兰人喽?"

"北极被冰川覆盖,在地球最上面。南极也有很多冰雪,在地球最下面。"杜克解释道。

"这个我以前不知道。"斑点说,"两极冰川融化,后果很严重吗?"

"我也不知道。"鼠儿叹了口气。

隔壁传来一阵犬吠。那是邻居家的胖狗。他跃起身扑向院子的围栏。

"波尔克,别闹!"斑点叫起来。

"滚开!"波尔克叫道,"我这儿不欢迎你们!"

---

1 荷兰语中"两极地区"和"波兰人"同形,都是"polen"。——译者注

"我们在这儿和杜克聊天。"

"我不愿意。"波尔克汪汪道。

"这可由不得你。"鼠儿喵呜道。

"你瞧瞧,这只蠢猫也发言了。"波尔克挑衅道。

"你说话给我小心点,否则我把你一只眼珠给挖出来。"鼠儿威胁波尔克。

波尔克越跳越高,叫声也越来越大。杜克朝金属围栏跺了跺脚。

"你给我停下来,听见了吗?"他大声嘶叫道。

"我没有针对你。"波尔克说。

杜克转过身来,把头探进院子围栏,顶住波尔克的鼻子。

"我说够了就是够了。你到底有完没完!"杜克吼道。

"我就是恨他俩。"波尔克哼唧道。

"你怎么能说出这种话?你难道不知道发生了什么可怕的事情吗?"

"我知道。"

"那你应该有同情心才对。"杜克说。

"对那两个家伙有同情心?我倒觉得这样挺好的。这场暴风雨是对他们的惩罚。"

"为什么这么说?"杜克问。

"因为他们总是欺负我。"

"我们从来没有欺负过你。"鼠儿和斑点齐声说。

"没有吗?你们现在走的这条路,就在我的篱笆边上。"

"难道不可以吗?"鼠儿问。

"对,当然不可以了!"

"为什么?"斑点问。

"因为我已经和你们说了很多次,不许在这条路上走。"

"所以说,你是主人喽?"

"是的,因为我的体形和力气比你俩加起来还要大。"

"那我呢?"杜克问。

"嗯,你比我体形更大。但是我没有针对你啊。"

"所以说谁是主人取决于体形大小,对吗?"

"对呀对呀!"波尔克汪汪叫着说。

"这么说的话,大象应该是全世界的主人了。"斑点笑道。

"大象是什么?"

"难道你不知道?"鼠儿问。

"为什么要知道?"

"我之前遇到的公牛也不知道大象!"斑点大笑。

"要想成为主人,必须得有聪明才智。"鼠儿说。

"不不不,要想成为主人,必须有锋利的牙齿。"

"傻瓜!"鼠儿笑了。

"有本事你走近点来啊!"波尔克气急败坏地说。

"我又不傻。"鼠儿说。

"胆小鬼!"波尔克汪汪叫道。

"傻瓜!"鼠儿嘶嘶地说。

人猿泰山

"啊——呼——哇——!"院子里传来一阵叫声。

"难道是主人来了?"斑点惊奇地说。

"啊——呼——哇!"又是一阵叫声。

只见男主人从树枝的一头跳到另一头。

"主人你这是怎么了?"斑点汪汪叫着说,"你被蜜蜂蜇了吗?"

"我是泰山,丛林之王。"男主人叫道。

他张开双臂,以保持身体平衡,但有些树枝太脆弱了,一碰就被折断了。

粗点的树枝则可以承受他整个身体的重量。

"他怎么疯疯癫癫的?"斑点问道。

"我想大概是因为冰雹砸到头上,砸得头震荡了。"

"你是说脑震荡吧?"鼠儿纠正斑点说,"我不这么认为。主人经常做些疯狂的事情。"

"也可以这么说。他有时候会突然把我举到半空中，无缘无故的，然后我就被他举在头顶上。"

"你觉得那样好玩吗？"

"一点也不。但我能怎么办呢？"

"我上周看见主人倒立了。"鼠儿笑道。

"整个人倒过来了？"

"是啊。"

"这我倒想看看。"

"他肯定还会这么干的。"鼠儿笑嘻嘻地说。

"我以前和他一起在下水管道待过。"

"你看过他怎么走过水洼吗？成年男人可不会这样。"

"女主人就不会这样做。"

"男人都是疯子，女人就不是。"鼠儿很肯定地说，"你就比我疯狂些。"

"但没有男主人那么疯啦。"

"这倒是。"鼠儿点点头。

"看看他都做了些什么。瞧，他现在正坐在树枝上摇荡。我觉得他有时候就像个小孩一样。"斑点摇摇头说。

"一个大男孩。"鼠儿点点头。

"只要他开心就好。不是吗？"

"说不定他这样才编得出故事呢。来，我们跟上他。"

斑点走到主人旁边，在他晃荡着的树枝下面坐下。

"来，斑点。"

斑点用后腿站立起来，前爪费了很大的劲才抓住主人的膝盖，然后跳了上去。

斑点坐在主人膝上，摇摇晃晃。

"真舒服。"斑点吸了口气。

他把下巴靠在主人腿上。

"主人膝上躺了一条大狗。"鼠儿笑了起来。

"这样让我感觉自己像是条小狗。"

鼠儿钻进主人的臂弯，躺在斑点身上。

"真应该让波尔克看看这一幕。"鼠儿喵喵叫道。

鼠儿很享受这一刻，开始发出咕噜咕噜的叫声。男主人也很享受他们的存在和他们带来的温暖。

"任何事都有两面性。"男主人微笑着说，"暴风雨几乎彻底毁灭了咱们的院子。布拉克死了。但这件事也有好的一面。感觉就像回到了从前，当我还是个孩子的时候。那时候我可以毫无顾忌地爬上大树，从高处看风景，没有人会觉得讨厌。你可以在树上绑绳子，顺着绳子从一棵树跳到另一棵树。真的很惬意。而现在我再做这些，人们就会觉得我是疯子。"

"没错。"鼠儿喵呜道。

主人突然推开斑点和鼠儿。他像一匹发疯的小马驹一样在粗粗的树干上跳来跳去。斑点和鼠儿吃惊地看着他。

"啊——哇。啊——呜——哈！"从林里传来主人的叫声。

"这么看来，当他还是个孩子的时候，一定也是个疯疯癫癫的小孩。"鼠儿说。

"从何时开始……"斑点叹了口气说。

秘密角落

斑点和鼠儿一起踩着满地的落叶。

"现在院子里的每个角落都不一样了。"鼠儿说,"说不定我们可以在这里找一个属于我们自己的秘密角落。"

"我们的秘密角落?"斑点问道。

"是啊,我们可以偷偷约着见面,没有人能看到我们。这些树叶和树枝可以很好地保护我们,把我们和外面的世界隔离开来。"鼠儿喵呜道。

"我们要秘密角落干吗?"斑点问。

"比如说,分享自己的秘密。"

"你有很多秘密吗?"

"有几个……"

"说出来吧。"

"不,为什么要说?"

"正式开启我们的秘密角落。"

鼠儿若有所思地望着前方。

"那我说一个我的秘密之后，你也要说一个。"

"好的。"

鼠儿朝斑点凑了过去，坐了下来。

"你想听一个伤心的秘密还是一个快乐的秘密呢？"她轻声问斑点。

"那就先听伤心的秘密吧！"斑点说。

"那是很久以前了，那时候我还是只小猫咪。妈妈允许我们偶尔离开窝去外面，她说，这样我们就可以认识周围的世界了。我的弟妹们一般都待在窝里，但是我会出去。"

"你就这个性。"

"有一次我在车库门口遇见了米慈。"

"米慈是谁？"斑点不解地问。

"他是一只老鼠。我每天都去找他。后来我们成了好朋友，但这是秘密，不能让妈妈知道。"

"为什么不能？"斑点问道。

"妈妈认为老鼠是美食。"

"你妈妈好残酷啊！"斑点说。

"猫是吃老鼠的。"鼠儿叹了口气。

"那后来呢？"

"你肯定不相信。"鼠儿清了清嗓子。

"说吧……"

"后来我爱上了米慈。我每天都去看他。妈妈完全不知情。"

"你们亲亲了吗？"

"嗯。"

"不是吧！"

"是的，就一次。"

"你不是一只正常的猫。什么样的猫才会爱上老鼠呢？"

"我这样的。"鼠儿说，"我总是爱上不该爱的动物。"

"为什么你们才亲过一次？"

"我后来再也没有机会了。"

"出了什么事？"斑点问。

"有一次妈妈在我们附近埋伏起来，当米慈从她身边跑过的时候，她一巴掌就把他给弄死了。"

"天哪，不会吧！"

"是的。"鼠儿呜咽道，"我为此哭了好几天，妈妈却不愿意安慰我。她认为这是我自找的。在她看来，猫应该把老鼠赶尽杀绝，猫应该消灭'害虫'。"

"那你现在会吃老鼠吗？"

"不会！我会跟他玩一会儿，然后把他放掉。"

"你以前说你很爱吃老鼠。"

"我装的。不然这就不是秘密啦。"

"所以，鼠儿……从来不吃老鼠。"

"没错。别告诉别人哦！现在该说说你的秘密了吧！"鼠儿喵呜道。

"今天先不说了。"

"不是吧，斑点。你答应我了。"

"明天再说吧。"

凯特和海迪

男主人把几个很沉的旅行袋放进了汽车后备箱。凯特和海迪准备进城。女主人起身亲了亲她俩。鼠儿顺势滑到了海迪的脚边。

"海迪，再抱抱我嘛。"鼠儿喵呜道。

斑点用鼻子嗅了嗅后备箱。他闻到凯特旅行袋里有饼干和糖果。

"如果你们要赶七点的火车，我们现在就得出发了。"男主人说。

海迪把鼠儿放下。斑点同女主人一道站在屋子的过道里。鼠儿坐在斑点身边。车发动了，海迪和凯特挥挥双手，同大家告别。

"你们去后院吗？"女主人问，"我就来。"

斑点和鼠儿慢吞吞地朝后院走去。

"我真希望女孩们能待在家里。"斑点说。

"我也是。"鼠儿叹了口气说,"但是她们得回市区上学。"

"上学?她们还不够聪明吗?她们一辈子都在上学。"

"我也不知道她们在学校还能学到什么。"

"其实动物比人类聪明。"斑点说。

"怎么说?"

"我们不用去学校就什么都知道!"

"几乎什么都知道。"鼠儿纠正斑点。

他们躺在树荫下。

"为什么女孩们不能每天回家?就像从前那样。"斑点问。

"她们住在学生公寓。"

"为什么?"

"每天坐火车往返要花很长时间。如果她们住校,就可以省下更多的时间学习。"鼠儿解释道。

"幸好男主人和女主人不用再学习了。不然只有咱俩独自在家,孤零零的。谁来照顾咱们呢?"

"自力更生呗。"鼠儿回答。

"自力更生?我想都不敢想。那谁为我们准备吃的呢?"

"我们可以自己捕猎呀!"

"捕猎?我和你?你连一只老鼠都不敢抓好吗?"斑点取笑鼠儿。

"啊哈,那我们可以去偷波尔克的食物。"

说到这，斑点的眼神开始闪亮起来。

"这主意不错。波尔克已经够胖了，不应该再吃那么多。"

他们闭上眼睛，安静了片刻。

"那谁来抚摸我们呢？"鼠儿问。

"你抚摸我，我抚摸你。"斑点说。

"这个不错。"鼠儿微笑着说。

"我会想念他们的。"

"想念谁？"鼠儿问道。

"男主人和女主人。"

"没有他们，咱们一样可以找到食物的。"

"也许吧。但他们不仅仅是提供食物的人。我很喜欢见到他们，我爱他们。"

"就像你爱我那样？"

"你永远可以依靠他们。"

"的确如此。"鼠儿笑着说。

"他们永远不会抛弃我们。"斑点说。

"那如果他们去旅行呢？"

"那凯特和海迪会回来照顾咱们，不是吗？我绝不会离开这里。"斑点满足地说。

帮　助

　　清晨，院子里一派忙碌。男主人和女主人开始第一轮打扫工作。男主人把横在院子里的树枝砍断，女主人则把这些砍断的树枝堆放在一旁。有几个人站在院子外面围观。男主人冲他们挥挥手，他完全没有时间和这些人闲聊。鼠儿在羊圈顶棚看着这一切。斑点在一旁啃小树枝。啃下一段后，他便叼在嘴里走来走去。

　　"你干吗这样啊？"鼠儿看到斑点不禁笑起来。

　　"我帮主人打扫啊。"斑点说。

他松开嘴里的树枝，又试着去掰另一根。鼠儿听见周围的人在聊天。

"真是一场灾难啊！谁能把这一片狼藉清理干净？"

"就是那位作家呀。反正他每天都在家，有的是时间。"一个留着小胡子的男人说道，"这些人的生活很不错的。"

"你知道什么呀？"鼠儿喵呜道。

"市政厅的工作人员应该负责打扫工作。"围观的一个女人说。

"为什么？"

"横在路中间的树是属于市政厅的。"

"这么说他还挺走运的。市政厅派人打扫，保险公司负责赔偿他们的损失。"小胡子男人说。

几个人骑车经过，也在院子门口停了下来。

"看啊，整排树都被吹倒了，连根拔起。你看那一个个树坑，里面积满了水，都可以在里面游泳了。"其中一个人说道。

"这是谁家的院子啊？"

"那位作家的。"

"他编故事又有新题材喽！"另一个人笑着说道。

"的确如此。最后他还能靠这些挣钱呢。"

男主人走向那群围观的人。斑点紧随其后。

"真是太糟糕了！"小胡子男人说。

"是挺糟糕的。"男主人点点头，"有一颗很大的冰雹把我的头给砸了，我的门廊被砸穿了，阁楼的天窗也破了。你看，整个院子也被摧毁了。"

"真是太惨了!"小胡子男人说。

"还有布拉克!"斑点汪汪叫起来。

"还死了一只山羊。"男主人补充道。

"怎么老找到你们头上啊。这已经是第二次了,不是吗?"那个女人问。

"是啊,两年前这片住宅区都遭到损失了。这次只有我这一家受灾。"

"暴风雨是从西北方来的。我们村里也损失惨重。"一个人扶着自行车说。

"我想,他们说的是真的。"女人说。

"什么是真的?"男主人问。

"气候正在变化。夏季出奇地炎热,冬天也不太冷。天气和西班牙差不多了。"

"这不好吗?"小胡子男人不解地问道。

"你觉得好吗?两极冰川正在融化。"

"海鸥也这么说的呢!"斑点汪汪道。

"我会想念这些树的。"男主人伤心地说。

"想念这些树?这有什么好想念的?不就是些傻乎乎的树吗?"小胡子男人说。

"树不仅仅是树,也代表了更多东西:树叶的沙沙响声、歌唱的鸟儿、充足的氧气以及力量。"男主人解释道。

小胡子男人不解地看着男主人。女主人也过来了。

"你应该感到高兴啊。不用再打扫落叶了。"手扶自行车的人笑道。

"我们的树荫没了。"女主人说。

"树荫？弄一把遮阳伞不就可以了吗？而且遮阳伞还不会有落叶。"小胡子男人大笑着说。

"你不会明白的。"女主人说。

"没有树你的院子就不会被破坏成现在这样。要全部收拾整理好得花上一年时间呢！"小胡子男人继续说道。

"哦，那随时欢迎你过来帮我们打扫整理。"男主人说。

小胡子男人听了，看了看手表。

"已经这么晚了？我现在真得走啦。"

男主人笑着摇摇头，继续打扫。

"我觉得不用指望很多人来帮我们了。"女主人苦笑着说。

"我也是这么想的。"

"我早就预料到了。"女主人开始有点愤愤不平了。

"我会帮你们的。"斑点汪汪叫道。

一辆货车停在了路边。从车里走出几个穿橙色制服的男人。斑点冲他们汪汪大叫。波尔克也开始叫起来。

"这可够我们忙活的了。"一个男人挠着头说。

不一会儿，又来了一辆小型货车。司机一下车就开始拍照。

斑点的秘密

"你要一起来吗?"鼠儿问。

"去哪里?"

"去咱们的秘密角落。"

"这会儿就去吗?"斑点问。

"是啊,这么多人在这儿,我觉得太吵了。"

"人多才有意思呢。越热闹我越开心。"

"狗是群居动物,猫不是。"鼠儿说。

"你不也群居吗?"斑点笑着说,"和男主人、女主人还有我住在一起。"

"的确如此,但我喜欢我行我素。我和你们住在一起是因为我喜欢,我愿意。"

"我也是呀。"斑点说。

"你才没有。你是被院子的篱笆限制了。"

"篱笆现在不是没有了吗？我还是留在这儿了。"斑点笑着说。

"你不想逃走吗？"

"一点都不想。我有男主人，还有女主人。"斑点说。

"我没有主人，我也不听任何人的话。我想怎样就怎样。"鼠儿骄傲地说，"你现在去不去咱们的秘密角落？你还有一些秘密要告诉我呢。"

"你先去吧。"斑点点点头，"我要先回窝一趟，一会儿见吧！"

鼠儿在舔身上的毛。斑点坐到她前面，把一个银白色的小球放在她鼻子跟前。

"这是什么呀？"

"圣诞球。"

"你从哪儿拿的？"

"当然是圣诞树上喽。"

"圣诞树？现在可是夏天啊！"

"对，我是圣诞节的时候偷拿的。"

"你没跟我说过这事。"

"没有。所以这也是我的秘密。"

"你的秘密？这个笨球算什么？"

"这个可不一般哦。"斑点笑着说道。

"什么意思？难道你窝里藏了一棵圣诞树？"

"当然不是了。"斑点又笑了起来。

"你拿这个球做什么呢？"

"看里面。就像你这样。看到什么了？"

"一只灰猫。"

鼠儿用爪子把球往前推，球滚向了斑点。

"真好玩！"鼠儿笑了。

"别滚来滚去。这样你会弄破它的。"

鼠儿又用头把球顶到一旁。

"不要这样！"斑点急得汪汪叫。

他赶紧把圣诞球放在两腿中间，护着球。

"你为什么把这个圣诞球藏在窝里呀？"

"这是我的秘密。"

斑点鼻尖朝着鼠儿，躺了下来。

"你不许告诉任何人！"斑点要求鼠儿保密。

"当然不会告诉别人。你的秘密不会被传到这秘密角落以外的任何地方。"

"是这样的……我在球里看到了我妈妈。"

"怎么会看到你妈妈？"

"如果我照镜子，我就能看见妈妈。"

"你和你妈妈长得很像吗？"

"不像。"

"你妈妈对你说了什么？"

"什么都没有说。她就这样看着我。我时不时舔舔她。她也会回舔我。她很爱我。"

"你想妈妈吗?"

"当然了。难道你不想吗?"

"我也想。但我想她也不用看圣诞球啊。"

"看到妈妈的时候,我总会想到过去,当我还是条小狗的时候。我很想念她温暖的毛,她舔我的样子。我真希望能再躺在她的肚子上。"

"肚子上?"

"嗯,喝妈妈的奶。"

"奶?什么奶?"

"母乳。"

"那我喝过母乳吗?"

"当然了。不然你活不到现在。"

"我什么都记不得了。"鼠儿噘着嘴说。

"也许是因为圣诞球,我才想起来的。它看上去像一个魔法球。"

"一个可以看到过去的魔法球。"

"还可以看到未来……"斑点叹了口气。

"我现在明白你为什么可以预知暴风雨要来临了。"

"什么?"斑点吃惊地问道。

"你的圣诞球给你看了未来将要发生的事情。"

"才不是。暴风雨是我自己感觉到的。"

"我能试试吗?"

"试什么？"

"看看我的未来呀！"

"你试试吧。"斑点叹了口气。

斑点把球滚到鼠儿面前。鼠儿盯着球看了很久。

"看到什么了？"斑点问。

"我看到……"

"什么？看到谁了？"

"我看到你了。你和一条漂亮的母狗，身边还有五只小狗。"

损　失

　　斑点和鼠儿安静地环顾四周。突然，他们听到一阵奇怪的声音。斑点立即汪汪大叫起来。男主人走了出来。

　　"安静点，斑点。有人来做损失评估。是一些专家。"

　　斑点不再出声。其中一个专家推开栅栏，走了进来。斑点被他的大胡子吓到了，又发出一阵狂吠。

　　"你家的狗不咬人吧？"这个专家问道。

　　"不会，他很乖的。"

　　斑点龇着牙。

　　"我嗅出了你的恐惧！"斑点低吼着。

　　"你确定他真的不咬人？"专家又问了男主人一次。

　　"非常确定。"

74

接着又有两个男人跟了进来。他们手里拿着文件夹。

"这儿怎么回事? 这么乱! "走在前头的那个人喊道。

"现在你亲眼看见了, 我没有夸张。"男主人说。

那两人点点头，立刻开始做记录。

"我两年前好像来过这里？"大胡子男人问道。

"没错。"男主人点点头。

斑点和鼠儿在男主人身边坐下。

"您住的地方比较危险。"

"幸好我买保险了。"男主人叹了口气说。

"这取决于你怎么看了。对于我们保险公司来说，您可是最贵的客户。我们为你花的钱比你交的保险费要高多了。"

"我在这儿住了将近二十五年了，从来没有过任何损坏事故，直到两年前。"

"我觉得这几次灾难和气候变化有关。"

"你指的是全球气候变暖吗？"

"是啊，他们说两极冰川已经开始融化了。"

专家们仔细检查院子里被损坏的家具。他们跨着大步量了篱笆的长度，数了柱子的个数，然后检查了院门的损坏程度，还有羊圈。一切的一切，他们都做了详细的记录。男主人沉默地跟在他们身后。斑点跑到男主人身边，伸了伸脖子。男主人抚摸了他一下。鼠儿爬到羊圈顶棚，密切关注这些陌生人的举动。

检查完后，专家们聚在了一起。一开始他们窃窃私语，后来声音越来越大。

"都很清楚了。"

"不清楚。"

"属于市政厅的。"

"不属于市政厅。"

"暴风雨损失。"

"灾难。"

"保险。"

"不是的。"

"是的。"

男主人听到他们谈话，朝他们走了过去，想了解情况。大胡子专家把他拉到一旁。斑点一边汪汪叫，一边跟在他俩后面。

"什么情况？"男主人问道。

"他不愿意承担损失。他认为这些树属于市政厅管辖。"

"怎么会这样？他有没有仔细阅读这个材料？"

"我也想知道呢。"最年轻的一位专家低声笑着说。

"那现在该怎么办啊？"男主人不安地问道。

"别担心。他只可能推迟上交资料。他今天早上心情不是很好。这周末我会打电话催他的。我们保证这周会把保险材料交上去。你们可以放心找人来维修房屋了。"

"这样我就放心了。我今天就和维修公司的人联系。要喝杯咖啡吗？"男主人问道。

"好的。"他们点点头。

男主人带他们往门廊走去。鼠儿和斑点留在院子里。

豆 娘

　　"我听到了奇怪的声音。"斑点一边说，一边四处找寻声音是从哪儿发出来的。

　　"我什么都没听到呀！"鼠儿说。

　　斑点走向池塘。他听到了一声呜咽。

　　"真不幸！"他听见说话声。

　　宽阔的树叶上立着一只肚子像针一样的动物。

　　"你好，蜻蜓！"斑点问候道。

　　"我是豆娘！"这个动物边哭边说。

　　"这不一样吗？"斑点问鼠儿。

　　"我觉得一样。"鼠儿点点头说。

　　"瞎子！我是豆娘！"她嚷嚷道。

　　"你到底是谁，你自己应该最清楚吧。"

"蜻蜓只不过是我们的一个远方亲戚,没其他关系。"

她梳了梳头,擦去眼泪,尾巴从翅膀的细缝中穿过并翘起来。

"我听见你哭了。"斑点说。

"嗯。"

"为什么?"

"我想念那些树了。"她抽泣道。

"我也是。"斑点说。

"谁不想呢?"鼠儿点点头。

"对你们来说情况没那么糟糕。"豆娘说。

"谁说的?我会怀念它们的树荫。我不喜欢强烈的阳光。"鼠儿解释说。

"我很享受鸟儿在树上唱歌的日子。现在她们都不唱歌了。"斑点伤心地说。

"可恶的风暴。"鼠儿点点头。

"而且情况会越来越糟糕。"豆娘预言道。

"什么,会越来越糟?"斑点问道。

"会有越来越多的风暴,甚至会有飓风。"

"谁说的?"鼠儿笑道。

"豉甲虫 [1]。"

"那是什么?"斑点问。

"小主人。"鼠儿笑着说。

---

1 荷兰语中"豉甲虫"一词和"小作家"一词同形。——译者注

“不是的，他们是一种小昆虫，水生小昆虫。喜欢夜间在水面上写字。”

“在水面上写字？我从没有见过小主人这样。”鼠儿笑着说。

“更不可能在夜间出行了。小主人更喜欢睡觉。”斑点补充道。

“真不知道你们在说什么蠢话。我现在说的事情很严重，真的很严重。”

“呃，不好意思。”鼠儿说。

“那些豉甲虫很多年前就预言说地球会变暖。”

“他们怎么知道的呢？”

“他们非常敏锐。他们的眼睛可以同时看水上和水下。可能就是这个原因吧。我也不是很清楚。”

“他们还预言了什么？”斑点笑着问道。

“他们预言会有更多的风暴。这里会越来越干燥，草地会消失，所有花草树木都会枯萎、干掉。到处都是沙子。”

“我想都不敢想。”鼠儿打了个战。

“我最讨厌沙子了。”斑点说。

“哺乳动物体形会越来越小。”

“是说我们吗？”

“你会变得和苍蝇一样小。”斑点笑道。

“你和蚂蚁一样小，然后我把你吃了！”

“这不是开玩笑。”豆娘继续说，“昆虫体形则会越来越大。"

"大到什么程度?"

"比现在大上千倍。"

"我想都不敢想啊。那简直成了巨兽。"鼠儿禁不住发抖了。

"胡说八道。这些昆虫怎么可能知道得比我们还多?"斑点不屑地笑着说。

"这些树都倒了,这不证实了他们的预言吗?他们预言所有的树木都会被刮倒。"豆娘叹气道。

"所有的树木?"鼠儿问道。

"世界上所有的树木。"豆娘不寒而栗。

"一个没有树的世界——这不可能。世上总会有树木的。"斑点说。

"我也希望。"豆娘又叹了口气。

"树木对你们来说也很重要吗?"鼠儿问。

"当然了。我们豆娘非常敏感,一丁点变化都会让我们得病。有了树木,我才能在这个池塘边生活,因为池塘边的树木让这儿不太热也不太冷。树也让我捕捉到食物,比如小蚊子、小苍蝇、小虱子。"

"现在都没有了吗?"鼠儿问。

"倒还有,但一切都在变化。照在池塘水面上的阳光越来越强烈。蚊子和虱子越来越少。"

"这也不算很糟糕呀。"

"也许对于狗来说没有那么糟糕，但是对于我们豆娘来说太可怕了。"

"他们会重新种树的。"鼠儿说。

"到那时候我早就离开了。我不能无止境地等下去。我明天就搬家了。"

"搬到哪里去？"

"搬到有树荫的池塘去。其实我不想离开这里，但是不得不离开。"

"你不能试着适应一下吗？"斑点问。

"不能。我们对环境比较敏感。"

"太敏感了。"鼠儿喵呜道。

"有可能吧。这就是我们豆娘。永远年轻，永远美丽。要保持这样的状态，需要注意饮食，而且要避开阳光。干净的池塘空气对我们来说也很重要，这样我们才能永葆美貌。但没有了树木，这一切都不可能有了。"

"没有谁会永远年轻。你只要活着就会变老的。"斑点解释道。

"真的吗？"豆娘问。

"当然了。"

"你是对的。我会变老，但我希望看上去一直年轻。"

"你太爱慕虚荣了。"斑点笑道。

"那又怎样？有什么关系吗？"

"那倒没有……只是你一直要避开阳光，真麻烦。如果是我，肯定会疯掉。"斑点说。

"这样你们会老得很快的。灰色的胡须，僵硬的爪子，塌着的肚皮。"豆娘扯着嘶哑的嗓子叫道。

一片乌云飘过来，遮住了太阳。豆娘飞向高处。

海 盗

斑点和鼠儿仔细观察对方，试着寻找变老的迹象。

"你对自己满意吗？"斑点问。

鼠儿看了看四周。

"我不能在这儿告诉你。"她神秘地说。

"为什么不能？"

"一起去咱们的秘密角落吧！"

鼠儿从倒下的树枝和落叶下钻了出去。斑点则从另外一条路走了。当斑点到达秘密角落的时候，鼠儿已经在那儿等他了。

"这儿应该没人听到我们说话吧？"

"这儿只有树叶。"

"我对自己并不满意。"鼠儿轻声说。

斑点吃惊地看着她。

"为什么？"

"我不喜欢自己灰色的毛。"

"我觉得你灰色的毛很漂亮。"

"我不觉得，这让我看起来像一只老鼠。"

"难怪海迪给你取名鼠儿。"

"我知道。可是我很讨厌这个名字。没有猫咪会愿意做老鼠。"

"你的名字是别人帮你取的，我的也是。斑点也不是我自己取的名字。"

"如果让你选，你会给自己起什么名字？"鼠儿问道。

"我，呃……汪汪吧，或者马克。你呢？你会给自己起什么名字？"

"咪妖。"

"米妖？"斑点笑了。

"对呀，我不经常咪妖……喵喵叫嘛。"

"哦。就像我刚刚说'汪汪'。"斑点笑道。

"我真希望自己是一头狮子。"鼠儿叹了口气。

"狮子？不是吧！狮子是很危险的动物。如果你变成狮子，我恐怕都不敢接近你了。"

"不是吧？"鼠儿吃惊地喵呜道。

"我不要你变成狮子。这样我会想念我的小伙伴的。"斑点说。

"你是指你的小'咪妖'？"鼠儿嘿嘿笑了。

她紧靠在斑点身边。

"斑点，你对自己满意吗？"

"嗯，也不完全满意。"

"为什么？"

"我不喜欢自己右眼边上的黑色斑点。"

"不是吧！"鼠儿大笑起来。

"真的。这让我看上去很野蛮，像个强盗，像个野兽。"

"就你？野兽？"鼠儿咯咯笑起来，还舔了舔斑点的眼睛。

"别这样！你知道我不喜欢被舔的。"斑点吠道。

"我是想帮你把黑色的斑点给舔掉。"

"舔不掉的。你又不是不知道。"

斑点离开鼠儿，坐到更远一点的地方。

"知道么，你其实和豆娘一样，虚荣心太强了。"

斑点生气地坐直了身子。

"我虚荣心强？雄性动物根本没有虚荣心，他们觉得自己的相貌并不重要。"斑点说。

"如果你不虚荣，就不会抱怨眼睛边上那个黑色的斑点了。"

"唉……"斑点叹了口气。

"再说了，眼睛边上的斑点让你看起来更酷了。男性不都希望自己酷酷的吗？"

听完这番话，斑点立即冲向池塘，看着水中的倒影。

"你说得太对啦！我是一条海盗狗！"斑点汪汪叫道。

抱　怨

院子里,男主人和女主人坐在长椅上休息。一整个上午,他们都在忙着把大树枝锯断并拖走。斑点把球扔到男主人脚跟前。

"不,斑点,我没兴趣和你玩。我很累,腰酸背痛的。"

斑点用嘴叼起球,放在了椅子上,耐心地等着。鼠儿跳到女主人膝盖上,舒展全身让女主人抚摸。

"我们现在孤立无援。你为什么不找人帮我们呢?"女主人抱怨道。

鼠儿开始大声地打起呼噜来。

"为什么要找别人?我更喜欢按照自己的节奏工作。"

"我看到了,你连腰都直不起来了。"

"我真是受够了。为什么会发生这样的事情?"

"还有更糟糕的事情,想想你朋友保罗,他已经在医院躺了好几个月了。"女主人说。

"嗯，我知道，但你看看我们的院子。没完没了的打扫和整理，什么时候才是个尽头啊？"

"你也会抱怨了啊。"女主人说。

"还不是跟你学的。"男主人坏笑着说。

斑点一直盯着球看。男主人把球扔给他。斑点接住球，立即又把球放到主人身边的长椅上。

"斑点，让我歇会儿！别再玩这个蠢球了！"男主人吼了起来。

斑点假装没有听到男主人的怒吼。

羊圈里的羊群听到男主人的吼叫后也咩咩叫起来。

"更大的草地！更大的草地！"他们叫道。

男主人站起身来。

"你不会真的给他们加草料吧？"女主人说。

"为什么不？"

"这些羊被你给宠坏了。他们只要一看到你或者听到你的声音，就开始狂叫不停。"

"这些可怜的动物觉得自己被困住了。"

"我们不是已经给他们很大一片草坪了吗？"

"栅栏坏了。我不能把他们放到那片草坪上去，他们会跑掉，跑到街上去。"

"我受够咩咩的叫声了。"女主人抱怨道。

"我也是！"鼠儿喵呜道。

"我真是受够这儿了。每个人都冲着我抱怨：你抱怨，斑点抱怨，现在羊群也开始抱怨了。"

"你打算买个电动栅栏吗?"

"电动栅栏?"

"是的,可以随时移动的电动栅栏。就像他们在堤坝附近牧羊时用的橙色的那种。"

"这个主意不错。"男主人点点头说,"你知道我要去干吗么? 我现在就去买一个。"

他弯下身,亲吻了一下女主人的额头,这时他感觉到背上一阵抽痛。

"我的背好像扭伤了!"男主人呻吟道。

"一会儿去泡个热水澡,会舒服点。"

男主人的眼神开始闪烁。

"是个不错的主意。"他笑道,"有你在真好。"

"是啊,这样你就有抱怨的对象了。"女主人摇了摇头说。

斑点和鼠儿坐在长椅下面,听到他们的对话后窃笑起来。

男主人撑开橙色的电动栅栏,并把铁杆一个个固定在地上。斑点和鼠儿跟在他身后。

"你在做什么?"斑点汪汪叫着问道。

"别管我。"男主人不高兴地说。

"他真是情绪化。"斑点叹了口气。

"你知道的,还不是因为他笨手笨脚。"鼠儿暗笑着说道。

"你也这么认为?"斑点问鼠儿,"他这次又打算干吗?"

"给羊儿们更多的空间。这样他们就不会咩咩叫个不停了。"

"哎哟。"斑点叹了口气说,"看来这些羊现在比我还要重要了。"

"你嫉妒他们啦?"鼠儿问。

"我?才没有!我为什么要嫉妒他们?"

"你受到的关注太少了……"

"的确如此,最近我们都被冷落了。这些蠢羊倒是被宠上天了。"

"你就是嫉妒他们了。"

"才没有!"

"每个人都会有嫉妒别人的时候。"鼠儿说。

"你也会吗?"斑点问。

"当然了。"

"会嫉妒我吗?"

"当然了,当男主人带着你去很远的地方散步,而我却不能去的时候我就会嫉妒啊。还有主人先把食物给你然后再给我的时候,他们抚摸你比抚摸我时间更长的时候,女主人和你一起玩球的时候,你和他们一起坐车出行的时候……"

"这么多,你还真的是很嫉妒我啊。"

"哎,是啊。"鼠儿叹息着说,"猫不是群居动物。猫喜欢独处。"

"以掩饰她的嫉妒心?"

"谁知道呢?"鼠儿点点头。

整个栅栏已经装好了。男主人把电线接在栅栏上。女主人过来看看。

"已经好了吗?"她问。

"快了,"男主人点点头,"只差装电池了。你可以先把羊放出来了。"

女主人打开了木制栅栏。山羊们欢快地向这块新草地奔跑过去。一只公山羊吃惊地站在羊圈口。

"这是什咩?"

"新的好吃的草嗷!"他们叫着。

"真的咩?"

他马上向这块新地方跑去,还高兴地跳了几下。

"你看他那个疯样!"鼠儿笑着说。

"真是可笑的动物!"斑点有点生气地说。

羊群在草地的中央吃草。

一只公山羊朝着铁丝线的方向走去。

"你看看,"男主人笑着说,"到处都是新的草,他还是想去铁丝线外吃草。"

公山羊用鼻子顶了顶橙色的铁丝线。电击立马让他一蹦半米高,他赶紧跑回羊圈。

"他应该不会再想这么干了。"女主人笑了起来。

其他羊儿也紧随其后跑回羊圈。那只公山羊在羊圈的角落里蜷缩成一团。

"怎么了?"黑山羊问道。

"我被电到了!"他一边发抖一边说。

预　言

鼠儿跑进斑点的窝里。

"他们……他们说得对……"鼠儿结结巴巴地说道。

"谁? 什么说得对? "斑点问道,又把眼睛合上了。

"那些昆虫的预言啊。你还记得上次豆娘说的话吗? "

"当然记得,她胡说八道。什么更多的风暴要来临,什么苍蝇会变得和奶牛一样大,昆虫和大象一样大。"斑点大笑起来。

大地突然震动起来。

"来了! "鼠儿尖叫起来。

鼠儿爬到斑点身边,紧紧靠着他。

"大昆虫怪兽来了,我看到他们了。我害怕,吓死我了! "鼠儿喵呜着。

"别瞎说了。"斑点笑着对鼠儿说。

"是真的，你一会儿就能看见了。"

"跟我来！"斑点命令着。

"我不去，我就待在这里。"

斑点独自从窝里走了出去。他看了看周围，并没有什么异样。

"你看看吧，什么都没有。"斑点哼唧道。

他又爬回窝里。

"你如果现在不和我一起出来，我就把你拽出来。"

"不要！"

"这是我的屋子，你出去，鼠儿！"斑点汪汪叫道。

"不，我就待在这里。"

"那好，我再想其他办法。"

斑点使劲把自己给挤进窝里。他和鼠儿背靠背站着，然后用力要把鼠儿推出去。鼠儿竭尽全力地抵抗。

"别碰我！"

"给我出去！"斑点汪汪叫道。

"我不！"鼠儿喵呜叫道，用爪子抓住小屋的墙壁。

斑点更加用力地推鼠儿，鼠儿奋力抵抗，她有点站不住了。斑点嗅了嗅鼠儿的尾巴，然后用力咬了一口。

"嗷嗷！"鼠儿一边尖叫一边朝外面跑去。

斑点站在小屋门口偷笑。

"怎么了? 发生什么事了? "他问鼠儿。

鼠儿吃惊地看看四周, 小心翼翼地往前走了几步。

"你一定是做梦了。"斑点嘲笑鼠儿。

"真的吗? "鼠儿问道。

"当然了。来, 我们去椅子上坐会儿吧。"

鼠儿犹犹豫豫地跟着斑点去了长椅那儿。斑点跳上长椅。

鼠儿紧挨着他坐下。他们什么都没有说, 静静享受身上的毛发互相触碰的感觉。突然, 他们被一阵巨响惊吓到了。他们抓紧椅子, 竖起耳朵和毛发, 爪子颤抖起来, 害怕地抬起头看着天空。

"一只巨型苍蝇! "斑点声音颤抖着说。

"不, 是一只甲虫, 巨甲虫。"

一只巨甲虫在空中摇晃着脑袋, 它的触角伸得很高。伴随着一阵雷鸣般的响声, 巨大的鼻子从头上伸了出来。

"是象鼻虫! "鼠儿叫道。

鼠儿吓得直往斑点的身上钻。

"它会把我们吃掉的。我们会死掉的! "鼠儿哭了起来。

象鼻虫用巨大的鼻子卷起树干。

树干开始摇晃, 象鼻虫贪婪地吞食着树叶和树枝。

"它是食草动物。"斑点小声说道。

"真的吗? "

被啃掉树叶和树枝的树干变得光秃秃的, 直接被象鼻虫甩了出去, 从鼠儿和斑点头上呼啸而过。

他俩吓得紧闭双眼，拼命咽口水。象鼻虫又卷起另一根树干。斑点想跳下长椅，逃跑，可惜没有成功。巨甲虫将第二根树干从他们头顶扔过，然后消失了。斑点吓得脸色苍白，眼睛边上的黑色斑点几乎都看不到了。鼠儿还在不停地发抖。男主人突然出现在他们身后，手里拿着几瓶饮料。

"啊哈，你们在这儿呢！"男主人笑道。

他把瓶子放在草地上，在鼠儿和斑点身边坐下。鼠儿和斑点同时跳到了男主人的膝盖上。

鼠儿躺在斑点的身上。

"你们这是怎么了？你们看到鬼了吗？"

"没有看到鬼，但是看到了一只巨大的甲虫。"鼠儿声音发颤。

"两极冰川开始融化了，主人。地球越来越热。这些昆虫体形也变得越来越大了。"

男主人摇摇头，轻轻抚摸他们。

"你们真乖。"

"主人，那些小昆虫已经预言过了。这是真的。"

"别担心。这些伐木工人待一天就走。"

"伐木工人？"斑点惊讶地汪汪叫。

"他们帮忙收拾这些比较重的树干。你们看到起重机了吗？还有拖车。它们看着的确像怪兽。"男主人笑着说。

"怪兽？不是的，是甲虫，一只巨甲虫！"

男主人轻轻把鼠儿和斑点从膝盖上推开，站起身来。

"你们要一起来吗？那些伐木工人一定渴了。"

他拿起饮料瓶。斑点和鼠儿你看看我，我看看你。几秒钟后他们跟在男主人身后走了。和他在一起才有安全感。

笑到抽筋

　　起重机吊起最后一根树干，放进拖车里。斑点和鼠儿站在离杜克比较远的地方。

　　"你们好啊，斑点、鼠儿。"杜克一边跑圈，一边嘶嘶地叫着打招呼。

　　"你近来好吗？"斑点问杜克。

　　"今天感觉好极了。"杜克笑着说道，接着他又跑了一圈。

　　鼠儿和斑点走到栅栏前。杜克气喘吁吁地走到他们跟前。

　　"很少这样吧？"斑点说。

　　"什么？"杜克问。

　　"你很少有这样的感觉。"

　　"的确，你说得对。我也不知道为什么今天我感觉这么好。"

　　"有时候就是这样的。"鼠儿点点头说。

　　"是啊是啊，一肚子空气，我得屏住，不然又要大笑了。"

"真奇怪。难道你今天吃毛茛了吗?"鼠儿问。

"毛茛?"斑点问。

"是啊,听说吃了毛茛就会举止异常。不过毛茛很难吃。"杜克大笑道。

"这有什么好笑的?"斑点问道。

"我想笑就笑喽。我今天觉得什么都好笑。嘻嘻。哈哈!"

斑点皱了皱眉头,不解地看着杜克。

伐木工人开着拖车离开了。

"你说的巨型昆虫开走了。"

"巨型昆虫?"杜克问道。

"是啊,鼠儿以为院子里出现了巨甲虫。"

"巨甲虫?"杜克用鼻子喷了口气,问道。

"是啊,她居然相信那些小昆虫的鬼话!"

"哼,你住嘴!"鼠儿生气地说。

"哈!哈!哈!"

杜克摇头晃脑地又跑了一圈。

"巨甲虫!蠢鼠儿!"他忍不住大笑。

"你为什么要这么说?你是不是想看我出丑?"

"我说的难道不是事实吗?"斑点汪汪叫道。

"不管这是不是事实,我不喜欢你这样取笑我。"

"胆小鬼!"斑点说。

杜克把他的大脑袋伸到斑点头顶。

"蠢鼠儿。"他又冲鼠儿叫道。

"我蠢？那斑点呢？"

"斑点怎么了？"杜克坏笑着说。

"他觉得自己是海盗。"

"什么？海盗？"杜克大笑起来。

"是啊，因为他眼睛边上有一块黑色的斑点。"

杜克又跑了一圈。

"斑点，大海盗！"他笑着说。

"这是个秘密，没有人知道。我们答应过对方要保守秘密的。"

"谁让你先嘲笑我的，活该。"鼠儿撇着嘴说。

"你这个叛徒！"斑点生气地吼道。

"海盗！"杜克冲着斑点耳朵吐气。

"我也知道一个。"斑点满是挑衅地说。

"快告诉我，我肚皮痒痒了。"杜克说。

"嗯，鼠儿以前……"

"住嘴！"鼠儿张大嘴嚷嚷。

她一边嚷嚷一边把爪子伸向斑点。

"快，快告诉我。让我乐一乐。"

斑点后退了几米。

"鼠儿以前爱上过一只老鼠。"

"哈哈哈哈哈！"杜克扯着嗓子大笑起来。

鼠儿愤怒地朝斑点扑过去，但是斑点及时地逃开了。

鼠儿在后面穷追不舍。

"鼠儿爱上一只老鼠！我都要笑翻啦！我的脸笑抽筋啦！"杜克说。

杜克又开始跑圈，一边跑一边笑得停不下来。

报　仇

　　"叛徒!"鼠儿喵呜道。

　　斑点走在鼠儿前面,头也没有回一下。

　　"你干吗这么生气啊?"他一边往前走一边说。

　　"我很生气,很愤怒!"鼠儿咆哮着说。

　　斑点加快了步伐,走进一片玉米地里。

　　鼠儿在后面一个劲伸爪子想挠他。

　　"我跑不动了。"斑点喘着气。他停下,推开几根玉米秆,藏了起来。

　　鼠儿从他前面走过,看不见他了。

　　"斑点,你在哪里?"鼠儿喵呜道。

　　斑点藏在玉米地里,尽可能地蜷成一小团,肚皮贴着地面,耳朵耷拉下去。他试着屏住呼吸,但这很难。鼠儿小心翼翼地用柔软的爪垫轻轻地走着。斑点开始发抖,他无法让自己平静下来。鼠儿嗅到了斑点的味道，立即转身朝他走过去。身材苗条的她，可以轻松地在紧挨着的玉米秆中穿过。突然，鼠儿看见了斑点。斑点毫无防备，他一直试着将嘴合上，屏住呼吸，完全没有留意四周的声音。鼠儿做好了进攻的准备，她将爪垫抵住地面，突然伸出了锋利的爪子，把斑点吓得半死。他再也无法屏住呼吸了。就在他张开嘴的一刹那，鼠儿发起进攻。她用爪子用力抓挠斑点的身体，用嘴巴咬他的耳朵。

"嗷嗷嗷！"斑点呜咽道。

他将鼠儿推开。

"你这只臭猫！我会报仇的！"斑点怒吼起来。

"你罪有应得！谁让你在别的动物面前取笑我，我要给你点颜色看看。"

"你不也取笑我了吗？"斑点一边吠道，一边用爪子轻揉被咬疼的耳朵。

"是你先开始的。"

斑点气呼呼地走了。

"我们现在扯平了。二比二。我不会再攻击你了。"

鼠儿承诺道。

"真的吗？你说话算数？"斑点问鼠儿。

"当然了，我总不能一直生你的气吧。"

鼠儿走近斑点。

"来，让我亲亲你的耳朵。"

"不，我才不要呢。"

"亲一亲你的耳朵就不疼了。"

"真的吗?"斑点问。

"当然了。"鼠儿点点头。

鼠儿试着靠近斑点,斑点克制住自己,没有推开鼠儿,尽管他怕再次被咬。鼠儿亲了一下斑点的耳朵,然后又舔了舔。斑点闭上眼睛,鼠儿静静地看了他好一会儿。斑点睁开了眼睛。

"还疼吗?"鼠儿问。

"还有一点点疼。"

"你现在应该说什么?"鼠儿问。

"谢谢你。"斑点顺从地说。

"我们的秘密角落!"鼠儿突然叫道,飞快地跑开。斑点一边揉耳朵一边跟着她。鼠儿在羊圈后停了下来。

"秘密角落被机器给毁了。"鼠儿不开心地喵呜道。

斑点伤心地看着曾经的秘密角落。

"都是你的错!"鼠儿生气地说。

"为什么?"

"你出卖了我们的秘密角落。"

"啊哈,你不也是吗?你又开始了。"

"你说得对,这个角落已经没有意义了。属于我们的秘密也不再是秘密了。"

"也许吧。"斑点叹息道。

"你还有什么秘密吗?"

"还有吧。有些秘密我从不公开的。我常常会想一些不该想的事情，但我控制不了自己的想法。你也会这样吗？"

鼠儿思考了一下。

"嗯，我有时候会想象男主人不穿衣服的样子。我也不想这样，但却忍不住。"

"我有一次看到过，没有什么特别的哦。"斑点笑嘻嘻地说，"有时候我还想抓住一只猫的尾巴，把她甩到外太空去。"

"你真可怕，居然敢这样想。"鼠儿说。

"我有时候会想象自己在厨房，打开冰柜把里面的肉全吃光。"斑点笑着说。

"我们的秘密角落没有了，但我们还是可以彼此诉说秘密。"

"没错。这仍然是个特别的角落。也许秘密已经被埋在地底下了。"斑点说。

"嘿，你看，那边地上有很多红莓。"

"真奇怪。红莓怎么会出现在那儿？周围又没有红莓树。"斑点自问道。

鼠儿小心翼翼地舔了舔。

"真好吃！味道和肉很像。"

"真的吗？我尝尝。"斑点点点头。

他们把红莓吃得一干二净。

沙　漠

　　"我觉得好热啊。太阳晒死了。"鼠儿汗流浃背。

　　"你看上去好奇怪啊！你的毛怎么突然发红了？"斑点打了个喷嚏，说道。

　　"那你呢？你是一条有白色斑点的黑狗！"

　　"不对劲啊，"斑点害怕地说，"好像一切都变了。"

　　天空突然刮起一阵风，沙子吹到了鼠儿眼里。风越刮越大。斑点视线被挡住，什么也看不见了。

　　"是沙尘暴！"斑点大叫道。

　　"我们得赶紧找地方躲起来。"鼠儿喵呜道。

　　鼠儿抓住斑点的尾巴。他们像两只瞎了的动物一样，穿过沙尘暴找寻一个躲避的地方。

　　"咱们的家在哪儿呀？"斑点哀号着。

　　"右边。不对，左边！"鼠儿喵呜着。

他们走啊走，自己都没有意识到，其实一直在原地打转。过了一会儿，天空晴朗起来，黄沙纷纷落地。他们简直无法相信眼前看到的一切。放眼望去满地黄沙。附近的树木都不见了。干枯的灌木丛上一片叶子也没有。院子变成了一片沙漠。他们快速跑向杜克的草坪，却发现草坪也无影无踪了，只有一片很高的沙丘。杜克也不见了。

"他一定被吓跑了。"鼠儿说。

斑点朝沙丘跑去。

"也许在那儿我们可以找到杜克。"他用鼻子指向沙丘处。

鼠儿紧随其后。每走一步，爪垫就被炙热的沙地烫一下。

"杜克！"斑点汪汪叫道。

他第一个跑上沙丘顶。

"可是……"斑点气喘吁吁。

鼠儿追上斑点，站在他身边。

"可是什么？"

在他们眼前，海浪拍打着沙丘，海鸥在海岸线上成群飞翔。

"这……"鼠儿说。

"这是……"斑点继续说。

"这是不……"鼠儿补充道。

"这是不可能的！"斑点呜咽着。

他们朝远处望去，看见了杜克的身影。他正在海岸边浅水处蹚水。

"我自由啦！"他们听见杜克的叫声。

杜克嘶鸣着向远处走去。斑点和鼠儿头上有几只迎风飞翔的海鸥。

　　"南极和北极消失了！"一只海鸥说。

　　"为什么？"斑点汪汪叫道。

　　"都融化掉了。"

　　"怎么会？"

　　"我之前不是警告过你们吗？你们忘记了吗？"

　　"没忘，但是……"鼠儿喵呜道。

　　"整个地球的海平面上升，成千上万的动物淹死了，还有数以百万的动物正在逃亡。"

　　"动物？那么人类呢？"鼠儿喵呜着问道。

　　"哦，人类啊。同样，他们也在逃亡。"

　　"那些蚑甲虫说得有道理。"斑点哽咽着说。

　　海鸥在斑点头上盘旋。

　　"我们说得有道理！"他纠正斑点说，"数以万计的房子沉入海底。不过这些都不重要了。"

　　"为什么不重要？"鼠儿不解地问。

"因为人类不重要。他们有什么用？"海鸥尖叫着说。

"人类也很重要的。"

"这是他们咎由自取！"海鸥叫着飞回了海边。

"咱们的男主人在哪儿呢？"斑点不安地叫着。

"还有女主人呢？"鼠儿喵呜道。

阳光越来越强烈。他们走下沙丘，朝家的方向走去，却找不到房子的踪迹。整个村庄被沙丘吞没了。

"我好渴啊！"鼠儿说。

"去池塘里喝点水吧。"斑点说。

鼠儿一路嗅着，找到池塘的位置，然后无助地朝下挖起来。

"这儿现在变成一片沼泽了。"鼠儿叹息着，"快来帮帮我！如果我们能找到回家的路，就可以喝水了。男主人会在水盆里装满水给我们喝的。"

斑点一边来回绕圈一边嗅着。

嗅了一会儿，斑点叫道："在这儿！"

他立即朝下挖起来。鼠儿同他一道挖。他们把沙子一点点挖出来，挖了好几米深。几个小时后，他们挖出了一条小隧道。

"我不行了。"斑点气喘吁吁。

"别停下来！我们必须找到池塘。"鼠儿催促道。

"不行，我要累死了。我们不可能挖通整个沙丘的。这工作量太大了，根本完成不了。"

"那我们应该怎么办？"鼠儿无助地问。

"我们需要挖掘机。"

"挖掘机？哪儿可以找到挖掘机啊？"鼠儿哭了起来。

"不知道。"斑点也很无奈。

"什么都没有了。汽车没有了，房子没有了，机器没有了，连人都没了。"

"那咱们的主人呢？"

"死了。"鼠儿呜咽起来。

他们想要离开这条沙子隧道，但是走不了了。隧道突然塌了下来。斑点试着向前挪动，他已经叫不出声音了。他甚至无法呼吸。他感觉到鼠儿的身体就在边上，他用鼻子顶了顶鼠儿的头。

"鼠儿，我喜欢……"斑点虚弱地说。

但是鼠儿已经没有回应了。

三天三夜

兽医弯下腰担心地看着斑点和鼠儿。

"还没有醒来吗？"他问道。

"他们睡了整整三天三夜。这很不正常。"女主人说。

兽医听了听斑点的心脏，然后听了听鼠儿的心脏。

"他们还活着吗？"女主人眼里满是泪水。

"我这儿有他们的验血报告。"兽医说。

"结果怎么样？"男主人问。

"他们是不是得了什么致命的病？"女主人接着问，脸上露出害怕的神情。

"没有，他们的血液里测出了麻醉剂。可能他们误食了什么东西。"

"那会是什么呢？变质发酸的牛奶吗？还是过期的猫粮狗粮？"女主人问。

"不，我觉得可能是蘑菇。"兽医猜测道。

"斑点从来不吃蘑菇的！"男主人很确定地说。

"那有可能是某种水果，比如红莓？"兽医继续说道。

"应该不会啊。"男主人回答。

"他们还能醒过来吗？"女主人问。

"希望吧。谁也不知道接下来会怎么样。"兽医叹了口气说。

"他们能恢复健康吗？还是说有可能丧失走路功能？"男主人说。

"现在还不确定，得等等才知道。连续昏睡三天已经很不正常了。"兽医叹了口气。

"那你想想办法好吗？"男主人生气地说。

"好吧！我给他们注射一些药剂，这种药剂药性很强，能让一头昏睡的大象一下坐起来。"

"你怎么现在才想到这个办法？"

"毕竟有风险呀。"

"什么风险？"

"也许他们再也醒不过来了。"

"那还是算了！"女主人生气地说。

"不过这个概率很小的，千万分之一。"

"那算了！"

"可是如果我们什么都不做，结果可能更糟糕。"兽医继续说。

"你的意思是？"女主人和男主人几乎齐声问道。

"他们的血压有可能会突然降低，然后陷入深度昏迷。这样就要赶紧送去动物诊所了。这种情况下复原可能需要好几个月。"

"给他们注射吧！我们决定冒一次险。"男主人态度坚决地说道。

女主人拖着沉重的脚步去了厨房。兽医从袋子里抽出一根针头，在针管上装好。接着他用针管从一个瓶子里抽出一些液体。男主人摸了摸斑点和鼠儿，他们毫无生命迹象。兽医先把针头扎进斑点的屁股里，然后把针头扎进鼠儿的颈背。

"没有反应！"

女主人从厨房出来，站在男主人身边。她害怕得浑身发抖。

"女士，请耐心等一会儿。要等药剂到达全身后才会有反应。"

大约十秒钟后，鼠儿突然有了动静。她抬起了头，然后伸了伸爪子，眼珠子开始朝四周转动。但是斑点却毫无动静。鼠儿摇摇晃晃地站起身来，像喝醉了一样撞到墙壁。女主人抱起鼠儿，心疼地抚摸她。鼠儿立即开始打呼噜。女主人着急的眼神看向斑点。兽医抓起斑点的一条腿。

"没有反应。"他担心地说，然后又用听诊器听了听斑点的心脏。

男主人不安地来回踱步。

"怎么样？"

兽医什么也没有说。他拨开斑点的眼皮，然后看了看手表。

"他现在应该醒过来才对。"

但是斑点仍然一动不动地躺在那里。八只眼睛盯着他，但他还是没有任何反应。又过了十秒钟。三十秒。男主人和女主人眼含泪水。兽医又撑开斑点一只眼皮。斑点的眼睛看上去全是白的。

"他没有挺过来！"女主人大哭起来。

"斑点！醒醒啊！"鼠儿大声喵呜道。

斑点突然睁开了一只眼睛，然后又睁开另一只眼睛。他抬起头，摇晃着站起来。鼠儿从女主人怀里挣脱，飞快地向斑点跑去。

"鼠儿！我以为你死了！"斑点不顾全身发麻，汪汪叫道。

他看了看四周，摇了摇尾巴。

"女主人和男主人还活着！"他又汪汪叫起来。

他把鼻子冲着门。

"他想撒尿了。"兽医说。

男主人笑着打开露台的门。

斑点和鼠儿朝外面跑去。突然，斑点呆呆地站住了。

"沙漠不见了！"

他来回走了几圈。鼠儿跟在他后面边笑边跳，还去抓他的尾巴。

哲学的启蒙

瓦力·德·邓肯的系列儿童读物极富哲理,被认为是儿童哲学的启蒙故事。

接下来,我们将介绍,家长和老师如何通过这本书向孩子们提出富有哲学性的问题,如何引导孩子通过开放、批判性的方式看待自己和整个世界。在和孩子进行充满哲学意义的对话和提问时,你一定想知道这些问题的答案是否唯一,或者是否有标准答案。答案当然不唯一,提问的意义也不在于找到标准答案。回答一个问题往往能将人们引向另一个问题。孩子们应该对自己的想法有清晰的认识。

如果想和孩子一起思考哲学,你必须学会认真倾听,放下自己的主观看法,还要学会尊重沉默的权利,开放地看待每一种观点。

接下来我们将给您列举一些哲学问题，这些问题可以在孩子阅读完《从何时开始》一书后同他／她一起探讨。问题上方是具有哲学性的原文摘录和其出现的页码。

P.26 "你要么是公牛，要么是大象，不可能两个都是。"

◎ 你是一个男孩，也是一个舞者。你是一个女孩，也是一个跑步运动员。这有可能吗？你能不能再举个类似的例子？你可以同时是三种东西吗？

◎ 你可以既生气又乖巧吗？爸爸可以既严厉又慈爱吗？

◎ 坏人可能友好吗？

◎ 乖乖的小狗可能会咬人吗？

P.27 公牛闭上了眼睛。他梦见了没有长鼻子的大象。

◎ 为什么公牛会梦见没有长鼻子的大象？

◎ 你会经常做梦吗？

◎ 你最有趣的梦是怎样的？

◎ 你做过噩梦吗？做噩梦的时候你会害怕吗？为什么？

◎ 你做过奇怪的梦吗？比如跌入深渊，或者能在你的村庄上面飞起来。还有其他奇怪的梦吗？

P.41－42 "这一切几小时前还不是这样的。怎么会出这种事呢？"他连连叹气。

◎ 你的生活可能在几个小时内发生变化吗？为什么？

◎ 今天的你和昨天的你一样吗？

P.42 "每个人的忧伤都不一样。"鼠儿叹了口气，离开了羊圈。

◎ 是这样的吗?

◎ 你有时候会为了小事伤心吗? 或者为了某件大事伤心?

◎ 你会为了妈妈伤心吗? 或者为了爸爸? 或者为了你的朋友?

◎ 你每天都伤心吗? 别人怎样可以看出你的伤心?

P.44 "你的灵魂就像是你的精神,这是看不到的,但确实是存在的。"

◎你有灵魂吗? 有的话, 你是怎么知道的?

◎别人可以触摸到你的灵魂吗?

◎你的灵魂可以用来做什么事吗?

◎动物有没有灵魂呢? 植物呢? 石头呢? 布娃娃呢?

P.57 "说不定我们可以在这里找一个属于我们自己的秘密角落。"

◎你有过秘密角落吗? 为什么那个是你的秘密角落?

◎每个人都有秘密吗?

◎你能保守别人告诉你的秘密吗?

◎有些小孩有一个秘密盒子。如果你有, 你会在你的秘密盒子里放什么?

P.62 "其实动物比人类聪明。" 斑点说。

◎你同意这个说法吗? 同意的话, 能够举几个例子吗?

◎你觉得谁比较聪明: 几乎总是很听主人话的斑点, 还是我行我素的鼠儿?

◎怎样知道一个人聪明不聪明?

◎你聪明吗？

◎有时候你会不会也挺笨的？什么时候呢？

◎一个人可以既聪明又笨吗？

P.67 "想念这些树？这有什么好想念的？"

◎ 男主人和女主人想念这些大树。为什么？你会想念你家院子里的树吗？

◎ 树为什么那么重要呢？

◎ 如果让你拍一棵树的照片，你会选什么树？为什么？

P.70 "我没有主人，我也不听任何人的话。我想怎样就怎样。"鼠儿骄傲地说。

◎ 你总是很听话吗？还是有时候也不听话？

◎ 你总是知道什么可以，什么不可以吗？

◎ 家里谁说了算？

◎ 斑点和鼠儿有主人。你有吗？

◎ 你更愿意想干什么就干什么吗？

◎ 想象一下：学校没有老师会怎么样？

◎ 想象一下：家里没有父母会怎么样？

P.84 "我对自己并不满意。"鼠儿轻声说。

◎你对自己满意吗？

◎自己有没有什么方面想要改变的？

◎你会不会更愿意变成另外一个人或东西？谁呢？什么东西呢？

◎你会不会更想变成你的爸爸妈妈？哥哥姐姐？你的朋友？你的宠物？院子里的树？

◎你不愿意变成谁？

P.99 "我也不知道为什么今天我感觉这么好。"

◎ 你今天感觉很好，但不知道为什么。或者你感觉很不好，也说不出是为什么。这样的情况会时常发生吗？

◎ 突然笑起来，但不知道为什么笑。或者你有没有笑到停不下来？

◎ 你最近一次感觉特别棒是什么时候？为什么？

P.107 "我常常会想一些不该想的事情。"

◎ 你脑子里会不会时而钻进一些想法，而这些想法是你不愿意有的呢？或者是别人不可以知道的想法？这些想法从何而来？

◎ 你脑子里会不会有时候回荡着你妈妈的声音？或者你爸爸的声音？

◎ 你现在能想象你爷爷奶奶或者外公外婆的声音吗？

◎ 你能不能通过某个人的行为判断他/她的想法？

祝你好运！

瓦力·德·邓肯

除了本书,《瓦力·德·邓肯作品系列》还包括以下几种:

《健忘的爷爷》

　　汉娜的爷爷感觉到自己逐渐年迈,体力日渐衰退,已经无法照顾自己了。和家人商量后,他坚持要搬去养老院。要远离舒适的家,去一个陌生的地方,这个过渡对他而言并不那么容易。汉娜一有空就去养老院探望爷爷,不过她发现爷爷时不时举止怪异。他管汉娜叫丽希尔,同样的问题能重复问上三遍。此外,他变得越来越健忘。刚开始汉娜并不理解爷爷,但渐渐地,她开始接受爷爷现在的样子,这样的爷爷也有有趣的一面。

　　在《健忘的爷爷》一书中,汉娜通过探望爷爷,接触了养老院里患有老年痴呆症的老人们。虽然爷爷能做的事越来越少,但这丝毫不影响汉娜爱他的心。这是一本适合八岁以上儿童阅读的温暖的书。

　　成人也能从这本书中得到很多。作品巧妙的内容,给人们带来了很多反思。

《我的狼兄弟》

克杰勒，一个七岁的小男孩，总是独来独往。克杰勒的母亲经营着一家咖啡馆，平时非常忙碌，因此很少有时间陪伴他。幸运的是，克杰勒有一条叫亚扎的小狗，还有一位好朋友卢迪。因为某次事故，卢迪头部受伤。尽管卢迪有时的行为有些疯疯癫癫，但他却有着一颗金子般的心，希望给每个人都带来快乐。他给克杰勒做可口的饭菜，陪克杰勒玩各种有趣的游戏。克杰勒有三个表兄弟，经常在周末跟着父母来咖啡馆。克杰勒总是被三个表兄弟欺负得遍体鳞伤。但是他又不敢告诉任何人，害怕没有人相信他，担心给母亲带来麻烦。他只好通过画画来宣泄内心受到的伤害 。直到有一天，老师通过克杰勒的画怀疑他正遭受儿童暴力的侵扰，并最终将他救了出来。

这是一部感人至深的作品。作者以扣人心弦的笔触，描述了三个表兄弟的虚伪、霸道，克杰勒的恐惧、痛苦、内疚和无助。作品犀利地揭露了由于不公正的欺凌造成的各种身体和心灵上的伤害，具有重要的警示意义。

《鸣叫的鱼》

　　一只麻雀站在水沟旁。她不愿意再做麻雀，她想成为一只孔雀，或者一只猫咪，一只熊。但麻雀就是麻雀，现在如此，将来也是如此。

　　或者会有转机？当麻雀遇见了鱼儿，他们成了好朋友，一起游泳，一起欢笑。麻雀想和鱼儿交换身体，于是他们一起念鼹鼠教的口诀，念完口诀，麻雀突然变成了鱼儿，鱼儿突然变成了麻雀，这真是很荒谬……

　　但是麻雀有着鱼儿的思想，鱼儿有着麻雀的思想。

　　这谁也改变不了，无论是蟾蜍还是老鹰，无论是奶牛还是布谷鸟，无论是白云还是大海。

　　瓦力·德·邓肯用简短的句子写出了一个发人深思的故事。你会一直做原本的自己吗？你希望改变吗？别人希望你改变吗？对于这个问题，麻雀和鱼儿心中都有了答案。潜入水沟深处，翱翔在蓝天之上。

《和尾巴聊天》

斑点是一条狗，鼠儿是一只猫。他们共同生活在作家的院子里，每天都在一起嬉戏。尽管他们时常捉弄对方，但仍然是相亲相爱的好朋友。

有一天，刚出生不久的小山羊小点点突然失踪了，大家惊慌失措，又因为胆怯而束手无策，只有斑点和鼠儿自告奋勇要把他找回来。寻找小点点的过程充满艰辛，因为没有谁能够或者愿意帮助他们：蜉蝣的寿命只有一天，他想尽可能多地吃掉一些空气；刺猬除了在奶牛身体下面喝奶以外，对其他事情没有任何兴趣；野鸡的一生都在逃亡，而树木却不会说话。在一片树林里，斑点和鼠儿被一群饥饿的鸟儿吓坏了，可怜的小山羊似乎要成为他们的腹中之物了。

这部作品用诙谐的笔调讲述了一个关于动物的有趣的冒险故事。故事里勇敢的狗和无所畏惧的猫都非常喜欢思考，并常常交流彼此的思想。本书曾获得2007年比利时少年儿童文学奖。

《影子的故事》

如果太阳高高挂在天上，云的位置刚刚好，空气足够厚，那么你就有百万分之一的机会和自己的影子说话。这样的事发生在了拉尔斯身上。

小黑是拉尔斯的影子，用拉尔斯脑海里的声音说话。拉尔斯想了解小黑世界的一切，于是自己变成了影子，小黑则进入拉尔斯的身体里，他享受着自己感觉到、闻到、尝到、看到和听到的一切。

妈妈发现情况有些不对劲。

拉尔斯还会回到现实生活中吗？

瓦力·德·邓肯常常被一些无法解答的问题萦绕着，他将这些问题融入自己的作品中。

克里斯多夫·德弗斯曾读过图文设计专业，是一名插画师。他颇具特色的插画为这部作品锦上添花。